Dark Romance

BAND 12

CALLIE HART

BLOOD & ROSES

BUCH 1

Aus dem Amerikanischen von Michael Krug

FESTA

Die amerikanische Originalausgabe *Deviant – Blood & Roses #1*
erschien 2014 im Verlag Createspace.

1. Auflage Dezember 2018

Titelbild: Alexander Kopainski

ISBN 978-3-86552-711-0
eBook 978-3-86552-712-7

Es war einmal
ein Junge,
der lebte in der Dunkelheit …
Und
es gefiel ihm dort.

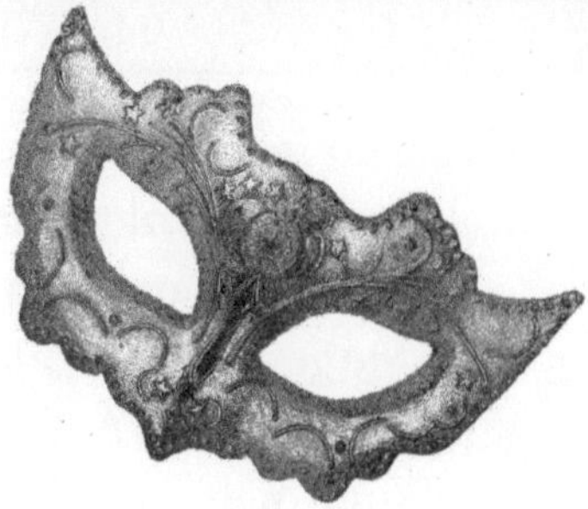

EINS

SLOANE

Wenn ich sage, ich bin ein Geist, dann meine ich das nicht wörtlich.

Ich bin ziemlich lebendig. Oder zumindest leide ich an manchen Tagen genug, um zu wissen, dass ich noch einen Herzschlag habe. Nein, wenn ich sage, ich bin ein Geist, dann meine ich damit, dass mich Menschen selten wahrnehmen.

Ich bin das Mädchen im Hintergrund. Durchschnittliche Größe, durchschnittliches Gewicht, durchschnittliche Haarfarbe. So unscheinbar, dass mich Blicke überspringen, statt auf mir zu verharren. Lautlos schleiche ich durch diese gähnende Stadt, ohne zu lächeln. Oft tagelang, ohne jemanden grüßen zu müssen. So ist es schon seit sechs Monaten. Es kommt selten vor, dass ich mit Fremden sprechen muss, und wenn, dann nur flüchtig. Die Menschen merken instinktiv, dass ich nicht für Small Talk geeignet bin. Heute ist es nicht anders.

»Hier ist Ihr Zimmerschlüssel, Miss Fredrich.« Die Rezeptionistin des Marriot in der Innenstadt von Seattle schiebt die Schlüsselkarte aus Plastik über die Marmorplatte des Schalters. Erst als sich ihre Hand zurückzieht und in sicherer Entfernung befindet, strecke ich die meine aus und nehme die Karte.

»Danke.«

Mit gesenktem Blick tackert sie die durch meine Zahlung entstandenen Unterlagen zusammen. »Und … sind Sie geschäftlich oder zum Vergnügen hier?« Die Herzlichkeit in ihren Augen verfliegt, als sie schließlich aufschaut und meine ausdruckslose Miene bemerkt. Das Lächeln fließt aus ihrem Gesicht ab wie Butter von einem heißen Messer.

»Geschäftlich«, antworte ich, denn nichts könnte wahrer sein.

»Oh, verstehe. Tja, ich wünsche Ihnen einen angenehmen Aufenthalt.« Kaum hat sie ihre höfliche Rezeptionsroutine abgespult, wendet sie den Blick ab. Sie erkundigt sich nicht, warum ich ohne Gepäck in ihrem Hotel aufgetaucht bin oder warum ich nur für eine Nacht gebucht habe. Oder warum ich einen Reserveschlüssel für einen Mr. Hanson bei ihr an der Rezeption hinterlegt habe. All das fragt sie nicht – das soll sie nicht. Eli ist mit mir durchgegangen, wie die Sache ablaufen wird, und bisher stimmt es beinah buchstabengetreu. Ich nehme meine Handtasche vom Schalter, steuere auf den Fahrstuhl zu und streiche meinen Mantel glatt.

22, 21, 20, 19, 18 …

Ich beobachte, wie die Zahlen nacheinander aufleuchten. Die runden Anzeigen, jede so groß wie eine Dollarmünze, werden der Reihe nach hell und dunkel, während der Aufzug herabfährt und ich geduldig warte, ohne zu blinzeln. Neben mir stehen weitere Personen, die ebenfalls auf den Fahrstuhl warten. In einem Bürogebäude oder einem Einkaufszentrum würde ich die Treppe nehmen – beengte Räume und ich sind nicht die besten Freunde. Aber da das Hotel 47 Stockwerke hat und sich mein Zimmer im 42. befindet, werde ich die unangenehme Gegenwart der anderen Menschen wohl ertragen müssen.

Die Türen gleiten auf, und ich steige als Erste ein. Die anderen Hotelgäste – vier Geschäftsleute – wohnen irgendwo in der Mitte, und ich will nicht, dass sie sich auf dem Weg nach draußen an mir vorbeidrängen. Es ist einfach, sie als Männer für die mittleren Etagen einzustufen. Sie tragen mittelmäßige Anzüge, und alle vier haben mittelmäßige Haarschnitte. Ihre Unterkunft wird auf eine von irgendeiner Buchhaltungsabteilung verwaltete Kostenstelle gebucht, und Buchhaltungsabteilungen bezahlen nicht für Penthouse-Suiten. Sie bezahlen bestenfalls für Zimmer mit eigenem Bad und Zugang zum Fitnesscenter. Keine Minibar für Sie, Mr. Firmenangestellter.

Die Fahrstuhltüren gleiten zu, und ich ziehe mich in mich zurück, lehne mich mit dem Rücken an die hintere Kabinenwand. Mit geschlossenen Augen atme ich durch die Nase.

Es wird bald vorbei sein, trotzdem legt mein Herz in der Brust einen wilden Tanz hin. Die Angst davor, festzusitzen, die Angst vor dem, was ich in Kürze tun werde, ist wie eine aggressive Schlange, die nur darauf wartet, sich in meinen Eingeweiden auszutoben.

»He. He, alles in Ordnung? Sie kommen mir ein bisschen verängstigt vor.«

Einer von ihnen redet mit mir. Er bringt meine Panik mit der Fahrt im Aufzug in Verbindung, aber damit liegt er nur teilweise richtig. Er hat braune Augen, eine sanfte, warme Farbe, die mich an geschmolzene Schokolade erinnert. Grübchen hat er auch noch. Wahrscheinlich ist er um die 23, ungefähr in meinem Alter. Er sieht nett aus. Die Art von nett, mit der ich mich vielleicht auf ein Date eingelassen hätte, bevor … bevor irgendetwas von all dem möglich geworden ist.

»Alles bestens, danke«, antworte ich.

»Gut.« Der Mann mit den Schokoladenaugen lächelt mich an. »Bei meiner Schwester hilft es manchmal, wenn sie tief durchatmet. Sie hat's auch nicht so mit Aufzügen.«

Er ist so süß. Viel süßer, als ich es verdiene, wenn man bedenkt, warum ich heute hier bin. Ich belohne ihn mit einem brüchigen Lächeln – er grinst zurück. Dann öffnen sich die Türen und die vier steigen aus. Ich stecke die Hände in die Taschen, um sie vom Zittern abzuhalten. 18 Stockwerke bin ich allein, was besser ist, als mit vier Fremden eingesperrt zu sein, aber immer noch nicht toll. Dann bin endlich ich mit dem Aussteigen an der Reihe. Das Hotel unterscheidet sich nicht groß von anderen, in denen ich übernachtet habe. Der einzige Unterschied – der Unterschied, durch den es aus meiner Erinnerung hervorstechen wird, solange ich lebe – ist, dass ich aus einem ganz bestimmten Grund hier bin: um Sex mit einem völlig Fremden zu haben. Und ich tue es, um meine kleine Schwester zu finden.

Als ich mich im Zimmer befinde und meinen Mantel ordentlich an den Haken hinter der Tür gehängt habe, fühle ich mich einigermaßen bereit. Ich trage, was von mir verlangt worden ist – schwarzen Spitzenstoff. Genauer hat sich Eli – der Privatdetektiv, den ich engagiert habe, um meine Schwester zu finden – nicht ausgedrückt. Er hat die ganze Sache eingefädelt.

»Manchmal reicht Geld allein nicht aus, um sich zu erkaufen, was man will, meine Liebe. Manchmal ist ein

wenig mehr … Überzeugungsarbeit *nötig, um solche Informationen zu bekommen. Passen Sie auf: Ich sage Ihnen, was ich weiß, wenn Sie mir einen kleinen Gefallen tun.«*

»Was für einen Gefallen?«

»Sie machen für einen zahlenden Kunden die Beine breit, und Sie bekommen von mir alles, was Sie wissen müssen.« Das widerliche Schwein besaß sogar noch die Frechheit zu lächeln. *»Ach, jetzt kommen Sie schon, Miss Romera. Sehen Sie mich nicht so an. Sie wollen Ihre Schwester doch finden, oder?«*

Und am Ende habe ich zugestimmt. Er hatte recht: Ich will Lex unbedingt finden. Und offensichtlich tue ich dafür wirklich alles. Selbst wenn ich danach vielleicht nicht mehr mit mir leben kann.

Eli hat gesagt, ich solle heute neben den Dessous noch etwas anderes mitbringen, etwas, das sich in meiner Jackentasche verbirgt. Ich hole es heraus und setze es auf. Die Maske besteht aus schwarzer Spitze mit blutroten Rändern. Durch sie fühle ich mich ein bisschen weniger angewidert. Im Badezimmer drücke ich auf den Lichtschalter und suche in meiner Handtasche nach dem Einzigen, was mir bei dieser Erfahrung meine geistige Gesundheit bewahren wird: einer Packung Valium. Einer der Vorteile, wenn man im fünften Jahr der Facharztausbildung ist – irgendjemand ist immer verfügbar, der bei Bedarf Rezepte ausstellt, ohne Fragen zu stellen. Das Rezept für das Sedativum lautet nicht mal auf meinen Namen, daher wird es nie in meiner Krankenakte auftauchen. Ich werfe eine Pille ein – das ist genug, um mich zu beruhigen, aber nicht genug, um mich schläfrig werden zu lassen. Dann betrachte ich mich im Spiegel und schnüre das Band der Maske unter meinem Haar zusammen.

Du siehst beschissen aus, Sloane.

Das sage ich mir neuerdings jedes Mal, wenn ich in den Spiegel blicke. Vielleicht ist es wahr, vielleicht auch nicht.

Ich starre mich in letzter Zeit so regelmäßig und so lange an, bis mein Spiegelbild keinen Sinn mehr für mich ergibt. Lex war immer die Schönere von uns beiden. Ich weiß, dass ich einen gut gebauten Körper habe. Eli hat gesagt, das sei der einzige Grund, warum er sich auf Geschäfte mit mir einlässt – weil meine Titten echt sind und ich einen hübschen Hintern besitze. *Deine Größe könnte manchen Kerlen unangenehm sein, aber tja … dagegen lässt sich nicht viel machen.* Ich konzentriere mich auf die dunklen Ringe unter meinen Augen und denke daran, dass all das nur vorübergehend ist. Nicht für immer. Schließlich bin ich Medizinstudentin. Der Körper ist bloß eine Maschine, voll von Rädchen und komplizierten Teilen, die alle vor sich hin ticken und harmonisch zusammenarbeiten, um einen am Leben zu erhalten. Sex zu haben ist nur eine Nutzung der Maschine, mehr nicht.

Du kannst das, Sloane. Du kannst das.

Und dann, keine zwei Sekunden später …

Lex würde das nicht wollen. Sie würde nicht wollen, dass du benutzt und missbraucht wirst, dich für so wenig verkaufst. Ich hasse diese Stimme in meinem Kopf. Sie macht es mir so schwer, das hier durchzuziehen. Aber es ist nicht so, dass ich meinen wertvollsten Besitz für Drogen oder Geld verhökere. Auch nicht für Ruhm und Macht, wie es manche Frauen tun. Nein, ich tue es aus Liebe. Aus Liebe zu Lex. Jede Schwester würde dasselbe tun.

Inzwischen sind es sechs Monate. Ich bin immer noch nicht damit vorangekommen, Alexis zu finden, und das hier fühlt sich wirklich wie mein letzter Ausweg an. Eli ist schlau – er gibt mir gerade genug Informationen, um meine Hoffnung zu schüren, aber nicht annähernd genug, dass ich aus unserem kleinen Arrangement aussteigen könnte.

Klopf-klopf-klopf.

»Heilige Sch…« Die Tür. Ich sauge mir die Unterlippe in den Mund, sperre den Fluch hinter den Zähnen ein. Es ist so weit.

Mr. Hanson wird sich unten den Schlüssel vom putzmunteren Hausmeister geholt haben. Aber mir wurde gesagt, ich solle warten, bis geklopft wird. Mein Zeichen dafür, dass der Mann eingetroffen ist, mit dem ich schlafen werde. Und ich soll im Badezimmer warten, bis er mich holen kommt. Ich ziehe die Tür zu, und einen flüchtigen Moment lang überkommt mich ein Anflug von Angst. Wenn ich mich hier drin einschließe und mich weigere rauszukommen, wie lange würde er wohl warten, bevor er stinksauer wird und geht? Aber das kann ich nicht tun. Dann würde Eli nie seinen Teil der Vereinbarung einhalten, und außerdem … spielt nichts von dem hier noch eine Rolle. Nichts. Ist bloß etwas, das ich hinter mich bringen muss.

Ich höre den elektronischen Piepton, als die Schlüsselkarte von der Tür erkannt wird, dann das harte Klicken, als sich das Schloss öffnet. Danach folgt Stille. Die Kante des Spülbeckens bohrt sich gegen die Rückseiten meiner Beine, während ich wie erstarrt verharre und mich schwer dagegenlehne, bevor mir einfällt, dass ich es lieber nicht tun sollte. Davon bleiben Male an meinem Körper zurück, und das ist gegen die Regeln, auch wenn es nur vorübergehende Male sind.

Zum Glück setzt die Wirkung des Medikaments ein und erfüllt mich mit einem gedämpften Gefühl von Ruhe. Und das ist gut so, denn wer immer da draußen ist, er lässt sich reichlich Zeit dabei, es sich gemütlich zu machen. Ohne Valium hätte ich kurz davorgestanden, die Flucht zu ergreifen, als letztlich Knöchel an die Tür klopfen. »Komm jetzt raus. Schalt zuerst das Licht aus«, befiehlt eine Stimme. Sie klingt rau, kratzig. Vielleicht die Stimme eines Rauchers? Na toll. Ich werde die nächsten zwei Stunden mit der Zunge im Mund eines Rauchers verbringen und muss mir danach den eigenen Mund desinfizieren. Ich schalte das Licht aus und öffne die Tür. Was ich dahinter erblicke, verdutzt mich.

Nämlich nichts.

Absolut nichts. Im Zimmer ist es pechschwarz.

»Hast du den Lichtschalter nicht gefunden?«

»Rühr ihn nicht an. Komm einfach her«, fordert mich die Stimme auf. Der Mann klingt jung und er scheint allein zu sein. Natürlich habe ich auch nicht mit mehr als einem Kerl gerechnet. Eli hat geschworen, es würde nur der eine Mann sein. Und nur dieses eine Mal. Vorsichtig betrete ich den Raum. Ich wünschte, ich hätte genauer darauf geachtet, wo die Möbel stehen, bevor ich mich eingeschlossen habe. Prompt stoße ich mir den Zeh an wer weiß was und zische vor Schmerz.

»Alles in Ordnung?« In seiner Stimme schwingt Belustigung mit, was ich irgendwie irritierend finde. Welchen Mann geilt es auf, wenn sich eine Frau den Zeh bricht?

»Na ja … ich kann nichts sehen«, murmle ich.

»Ich fürchte, das ist beabsichtigt. Komm her.«

Wenn ich nur wüsste, *wohin*. Dann wäre ich wahrscheinlich ein bisschen weniger verwirrt. Ich starte einen neuen Versuch. Diesmal gelingt es mir, zum Bett zu stolpern, ohne mit etwas zu kollidieren. Die Matratze senkt sich, als ich hineinklettere und mich frage, wo zum Teufel *er* ist. Ich fürchte mich nicht halb so sehr, wie ich sollte. Tatsächlich fühle ich mich fast ein wenig berauscht.

»Setz dich mit den Händen hinter dem Rücken mitten aufs Bett«, flüstert er. Ich frage mich, ob er mich fesseln wird. Was mich eigentlich beunruhigen sollte. Und mich zu jedem anderen Zeitpunkt auch beunruhigen *würde*.

»Brauchst du einen Namen?«, frage ich ihn. Eli hat gesagt, ich solle mich erkundigen.

Ein tiefes, kehliges Brummen durchbricht die Stille, und mir wird klar, dass er gerade lacht. »Bietest du an, mir deinen *richtigen* Namen zu verraten?«

»Eli hat gesagt, das sei gegen die Regeln.«

»Dann nicht.« Wieder senkt sich die Matratze. Er bewegt sich, rückt näher. Sein heißer Atem haucht auf meine Haut, als er spricht. »Es gibt mir nichts, dich Melody oder Candy zu nennen oder sonst irgendeinen erfundenen Scheißnamen zu verwenden. Wir werden einfach eine Weile Fremde füreinander sein. Ist das in Ordnung für dich?«

»Ja, ich … ich denke, schon.«

In der Dunkelheit fühlt sich meine Haut lebendig an. Genau wie meine anderen Sinne. Meine Nase trägt mir weiter einen Hauch von Minze und Meer zu. Wer immer der Mann ist, er riecht unglaublich. Keine Spur von Zigarettengestank an ihm. Was bedeutet, diese Stimme … diese Stimme ist zu 100 Prozent natürlich. Ich werde neugierig auf ihn, wenn auch nur sehr am Rande.

»Hast du das schon mal gemacht? Auf diese Weise?«, will er von mir wissen.

»Noch nie.« Der Atem stockt mir in der Kehle. Mittlerweile bin ich dermaßen high, dass ich kaum noch klar denken kann. Aber das Fehlen von jeglichem Licht im Zimmer bringt mein Herz zum Rasen. Vielleicht weil dieser Typ ein Serienmörder sein könnte. Er könnte auch mit *eingeschaltetem* Licht ein Serienmörder sein, schon klar. Nur hätte ich dann zumindest die Chance, es in seinen Augen zu erkennen und um mein Leben zu rennen.

Der mysteriöse Mann atmet aus, haucht mir einen weiteren warmen Atemzug auf die Brust. Meine Nippel richten sich auf, obwohl mir nicht kalt ist. Das habe ich noch nie zuvor erlebt. Noch nie. Wahrscheinlich weil ich einem Mann noch nie so nah gewesen bin. »Leg die Hände auf den Schoß«, befiehlt er mir.

Ich tue es. Ich zucke leicht zusammen, als ich spüre, wie er die Hand ausstreckt und meinen Schenkel berührt. »Angst?«

»Nein.«

Er lacht. Ein grausamer, verruchter Laut. Langsam wandert seine Hand mein Bein hoch, bis er meine Hand ertastet. Seine Finger schlingen sich um mein Handgelenk. »Du bist mutiger als die meisten Frauen.«

»Du machst das mit vielen Frauen?«

»Ja.«

Wenigstens ist er ehrlich. Er hebt meine Hand, führt sie zu sich. Stoppeln piken die empfindliche Haut an der Innenseite meines Handgelenks.

»Du riechst nach Blumen. Welches Parfüm trägst du?«

»Ofresia«, antworte ich.

»Ist sauber. Nicht zu penetrant. Gefällt mir.«

Da bin ich aber froh. Mir ist nach Kichern zumute. Seine Nase streift mein Handgelenk, kurz danach folgt die zarte

Berührung seiner Lippen. Der Kuss fällt kaum spürbar aus, sanft gehaucht, doch ich kann viel herauslesen. Er hat volle Lippen und versteht, mit dem Mund umzugehen. Das kommt unerwartet. Ich zapple auf dem Bett, frage mich, wohin das führen soll. Wo sein Mund als Nächstes landen wird.

»Hast du dir je überlegt, wie es wohl wäre, blind zu sein?«, fragt er mit dieser tiefen Stimme.

»Warum? Bist du blind?«

»Nein. Beantworte die Frage.«

»Ich denke, schon. Manchmal.«

Er führt meine Hand höher und ergreift sie mit seinen beiden Händen, öffnet meine Finger, um die Handfläche freizulegen. Er tut es langsam, fährt mit seinen schwieligen Fingern die meinen entlang, und mich durchläuft unwillkürlich ein Schauder. Es ist eine schlichte Geste, aber wie er sie ausführt, fühlt sie sich intim und überlegt an, nicht plump, um mich bloß zu begrapschen. Ich halte den Atem an, als er meine Hand weiterführt, bis meine Fingerspitzen auf sein Haar stoßen und anschließend abwärts über sein Gesicht wandern.

»Sag mir, was du glaubst, wie ich aussehe.« Seine Stimme ist ein widerhallendes Grollen. Er lässt meine Hand los, und ich muss mich vorbeugen, um ihn zu erreichen. Ich rutsche näher, ziehe die Beine unter den Hintern, damit ich besser das Gleichgewicht halten kann, bevor ich auch die andere Hand zu seinem Gesicht hebe.

Er hat kurze Haare, ein wenig steif von dem Festiger, den er benutzt. Seine Züge sind ausdrucksstark, prägnant. Die Kieferpartie leicht kantig, die Nase größtenteils gerade, abgesehen von einem etwas flacheren Bereich in der Nähe des Stirnansatzes. Seine Wimpern erweisen sich als überraschend lang, und seine Lippen ... Ich hatte recht. Seine Lippen sind voll und entschieden weicher, als es die eines Mannes sein dürften. Vor allem eines Mannes mit einer solchen Stimme. Mit den kribbelnden Kuppen meiner Finger ertaste ich, dass dieser Mann das Gesicht eines Engels besitzt. Eines barbarischen Engels – vielleicht eines jener Engel, die damals in Babylon gewütet haben.

»Also, was denkst du?«, fragt er.

»Ich denke, du bist wahrscheinlich sehr attraktiv«, gestehe ich.

Er brummt. »Und was ist mit dem Rest von mir?«

Er übt ein wenig Druck auf meine Unterarme aus, bis sie hinunter auf seine Brust wandern, wo meine Finger auf glatte Haut und harte, definierte Muskeln stoßen. Sie zucken leicht, als meine Hände über sie streichen, weiter abwärts. Ich passiere drei horizontale Erhebungen in seiner Haut, die an der Stelle nicht sein sollten, rechts der Bauchmuskeln mit wenigen Zentimetern Abstand dazwischen. Meine Finger zeichnen Kreise über sie, als wollten sie ihnen ihre Geschichte entlocken, als wollten sie ergründen, woher sie stammen. In ihnen verbirgt sich eine unerzählte Geschichte von Gewalt, verewigt an seinem beeindruckenden Körper. Er zittert leicht, als ich ihn erkunde, ihn mit einer federleichten Berührung abtaste, bis ich mir den Weg über seinen Waschbrettbauch und zurück nach oben über die schräge Bauchmuskulatur gebahnt habe. Dabei saugt er scharf die Luft ein und spannt den Körper an, und ich lächle ein wenig. Ich *lächle*. Der Mann ist kitzlig. Er lacht nicht, fordert mich nicht auf, ihn an der Stelle nicht zu berühren. Aber sein Körper versteift sich noch mehr, als ich den Bereich erneut passiere, um meine Theorie auf die Probe zu stellen.

Ich visiere seine Schultern an, die sich als breit und stark erweisen. Dann schlinge ich die Arme um seinen Nacken, lasse die Hände über seine Schulterblätter wandern. Er ist geradezu riesig, trotzdem fürchte ich mich nicht wirklich vor ihm. Sollte ich natürlich, ja, aber ich tue es nicht. Das Valium dämpft meine Angst. Abgesehen davon habe ich mir vorgestellt, dass der Typ hereinkommen und Hand an mich legen würde, dass er jeden Quadratzentimeter von mir betatschen und auf jeden Fall sehen wollen würde, wofür er bezahlt. Bisher hat mich dieser Mann noch kaum angefasst, hat nur meine Hand berührt.

»Und?«, fragt er.

»Woher stammen die Narben?«

»Auf mich wurde eingestochen.« Er überlegt gar nicht, ob er mir antworten soll, sondern sagt es rundheraus.

»Wärst du daran fast gestorben?«

»Ja.«

»Hat es wehgetan?«

»Ja.«

Ich löse die Hände von seinen Schultern und suche erneut die Narben, eine, zwei, drei. Sie fühlen sich gezackt und schrecklich unter meinen Fingerspitzen an. »Was ist aus der Person geworden, die dir das angetan hat?« Beinah will ich es nicht fragen. Dieser geheimnisvolle Mann hat sich als verstörend offenherzig erwiesen, seit diese skurrile Begegnung vor fünf Minuten begonnen hat, und ich fürchte, dass mir seine Antwort letztlich doch eine Heidenangst einjagen könnte.

»Er hat bekommen, was er verdient«, erwidert er leise. Die Laken rascheln, als er sich bewegt. Seine Bauchmuskeln spannen sich unter meinen Händen an. Als er mein Haar berührt, die Finger mit den Strähnen verflicht, grüble ich noch darüber nach, ob das heißen soll, dass er den Täter umgebracht hat.

»Ich habe sehr spezielle Vorstellungen davon, was ich will. Du musst tun, was ich verlange, ohne Fragen zu stellen, dann wird es für uns beide angenehm verlaufen, in Ordnung?«, haucht er.

Endlich bringt ein Adrenalinschub meine Nervenenden zum Kribbeln – eine angemessene Reaktion auf meine gegenwärtige Lage. Worauf zum Teufel habe ich mich nur eingelassen?

Valium hin, Valium her, mir ist bewusst, dass seine Worte wie eine Drohung geklungen haben. Ich bin mit der Situation hoffnungslos überfordert, nur gibt es herzlich wenig, was ich jetzt noch unternehmen kann. Und abgesehen davon: Alexis. *Immer* Alexis. »Das kann ich«, flüstere ich.

»Gut. Leg dich auf den Rücken.«

Ich lasse ihn los. Plötzlich habe ich das Gefühl, mitten in einem Ozean zu treiben und zu ertrinken, ohne Aussicht darauf, mich irgendwie zu retten. Der vernünftige, intelligente Teil meines Gehirns klammert sich immer noch an einen vagen Selbsterhaltungstrieb und fordert mich brüllend auf, schleunigst das Weite zu suchen. Und zum ersten Mal reicht Elis drohender Zorn beinah nicht mehr aus, um mich auf dem Bett zu halten. Sehr wohl jedoch der Gedanke daran, Alexis zu finden. Meine Muskeln zucken, sind bereit, zur Tat zu schreiten, als der Mann zärtlich mein rechtes Fußgelenk ergreift.

»Hast du dich heute schon angefasst?«

Was zum … »Du … du meinst …«

»Hast du dich heute schon zum Kommen gebracht? Hast du an deiner Muschi rumgespielt?«

Meine Wangen werden unangenehm heiß. Das hat mich noch nie jemand gefragt. »Nein. Nein, h-habe ich nicht«, stammle ich.

»Gut. Dann wirst du umso süßer schmecken.« Statt die Finger unter den Bund meines Slips zu haken und ihn runterzuziehen, schiebt er ihn lediglich zur Seite. Meine Beine versteifen sich, als ich spüre, wie sein heißer Atem über meine nackte Haut haucht. Ich bin mir nicht sicher, was ich mit den Händen machen soll. Das ist für mich völlig unbekanntes Terrain. Wenn man von einem Mann geleckt wird, dann in der Regel, weil er etwas sehr, sehr Schlimmes angestellt hat und es wiedergutmachen muss. Zumindest behauptet das Pippa, meine einzige Freundin auf der Welt. Ich habe nie einen festen Freund gehabt, der mich schlecht behandelt hätte, also habe ich es nie selbst erlebt.

»Willst du, dass ich dich lecke?« Plötzlich klingt seine Stimme noch tiefer und trieft vor dem Versprechen von Sex.

»Ich will, was immer du willst«, bringe ich hervor. Immerhin bezahlt er dafür. Und diese Sache hier wird mir helfen, Lex zurückzubekommen. Er packt mich hart oben am Bein und drückt zu, bis ich aufschreie.

»So spielen wir das hier nicht. Nimm mich in Besitz, sonst nehme ich dich in Besitz. Und glaub mir … das willst du nicht.«

Scheiße. »J-ja, ich will, dass du mich leckst.«

Mit einem zufriedenen Brummen setzt er sich sofort in Bewegung und bahnt sich den Weg zwischen meine Beine. Als seine Zunge vorschnellt und mich leckt, verkrampfen sich meine Beinmuskeln. Es fühlt sich heiß an und … und *gut.* Was um alles in der Welt … Ich sollte nicht so darauf reagieren. Verlegenheit nistet sich kribbelnd in meinen Wangen ein. Was bin ich für ein Mensch, dass ich die oralen Zuwendungen eines völlig Fremden genieße? Noch dazu unter diesen Umständen. Aber ich kann nichts dagegen tun. Mein gesamter Körper fühlt sich an, als würde er liebkost.

Seine Zunge bewegt sich gekonnt, übt leichten Druck auf meinen Kitzler aus, streicht mit einem Rhythmus auf und ab, der eine Hitzewelle nach der anderen durch mich branden lässt. Ich lasse mich fallen, lasse die Anspannung aus meinen Armen und Beinen abfließen, als er zu lecken aufhört und stattdessen saugt.

»Fuck!«

Er hört nicht auf. Er brummt nur, als ich mich gegen ihn presse, schamlos seinem Mund entgegenwoge. So etwas habe ich noch nie zuvor empfunden. Es fühlt sich … unglaublich an. Ich keuche und stöhne wie ein Tier, als er sich zurückzieht und mit den Händen von meinen Knien die Innenseiten meiner Schenkel hinab zu meinem Slip fährt. Mit einer schnellen Bewegung reißt er ihn mir vom Leib.

»Wie sehr willst du, dass ich dich ficke?«

Ich bin nicht hier, weil ich mit ihm ficken *will,* aber meine Aufgabe besteht darin, ihn das *glauben* zu lassen. Allerdings ist die Grenze zwischen Vortäuschung und Wahrheit stark verwaschen, als ich murmle: »Sehr. Ich will dich wirklich sehr.«

»Mach die Beine breit«, befiehlt er. Ich spreize die Schenkel und frage mich, was als Nächstes kommt. Das Zimmer gleicht einer schwarzen Leere, so stockfinster, dass ich nicht einmal seinen Schatten ausmachen kann, als er sich auf dem Bett bewegt. Ich höre, wie ein

Reißverschluss aufgezogen wird, dann folgt ein metallisches Klirren, als würde eine Gürtelschnalle geöffnet. Ich sauge mir die Unterlippe in den Mund und warte darauf, dass er tut, was immer er vorhat. Dabei bin ich besorgniserregend neugierig. Zuerst fesselt er mein linkes Bein, umwickelt es fest mit etwas Breitem und fixiert es dann am Bett. Als Nächstes ist mein rechtes Bein an der Reihe, dann wiederholt er den Vorgang vorsichtig mit meinen Handgelenken. Mit gespreizten Gliedern liege ich auf dem Bett und bin vollkommen verwundbar. Die Fesseln sind kein Spielzeug, sondern dafür gemacht, jemanden am Entkommen zu hindern. Ich werde mit Sicherheit nirgendwohin fliehen. Vor sechs Monaten hätte ich vielleicht ein Gebet gemurmelt. Jetzt wimmere ich nur, halb vor Angst, halb vor erregter Erwartung.

Er steigt zurück ins Bett und kniet sich neben mich. Wieder streicht sein Atem über mich. Ich versteife den Körper, als ich spüre, wie etwas Kaltes, Hartes gegen die Haut meines Bauchs presst. »Bist du immer noch ein tapferes Mädchen?«

»Ja«, hauche ich.

Der Mann erwidert darauf nichts, verrät mir auch nicht, was er vorhat. Der kühle, scharfkantige Gegenstand, den er an meine Haut drückt, wandert langsam höher, bis er sich direkt unter meinen Brüsten befindet. Ich sauge mir die Lunge ein ums andere Mal voll Luft und bemühe mich, ruhig zu bleiben, denn ich weiß, was er in der Hand hat: Es ist ein Messer. Ein verflucht *scharfes* Messer.

Seine Fingerspitze hebt den Bügel meines BHs in der Mitte an, und nach einer einzigen, schnellen Bewegung klappt er auf und gibt meinen Busen frei. Der Fremde hat meinen BH aufgeschnitten! So ungeschützt, verängstigt und zugleich erregt habe ich mich noch nie gefühlt. Der geheimnisvolle Mann kauert sich rittlings auf mich. Das raue Material seiner Hose reibt an meinen Seiten. Er legt die kalte flache Seite der Klinge seines Messers an meinen rechten Nippel und jagt dadurch einen Anflug von Panik durch mich.

»Rühr dich nicht«, flüstert er. Ich rühre mich nicht. Etwas so Regungsloses wie mich hat es noch nie zuvor gegeben. Er beugt sich herab und berührt mich, seine Hand ertastet letztlich meine Brust. »Du bist so verfickt perfekt«, haucht er. »So artig.« Dann senkt sich sein Mund auf meinen Nippel, leckt und saugt daran, was heißer ist als alles, was ich je zuvor empfunden habe. Mein Rücken wölbt sich vom Bett hoch, und er kichert. »Willst du mich in dir haben?«

»Ja.«

»Bist du sicher? Vorsicht damit, was du dir wünschst.«

Ich wünsche mir täglich den Tod. Ich wünsche mir Schmerz, Leid, Blut und Elend für diejenigen, die meine Schwester entführt haben. Sich das hier zu wünschen fühlt sich genauso gefährlich an, zugleich jedoch irgendwie sicherer als all das. Er wollte, dass ich ihn in Besitz nehme, und obwohl er mich inzwischen gefesselt hat, glaube ich, dass er das noch immer will. Ich wappne mich, hoffe, das Richtige zu tun, und verlange: »Tu es. Fick mich sofort. Lass mich keine Sekunde länger warten.«

Das Messer verschwindet von meiner Haut. Er steigt aus dem Bett, und ich höre, wie er die Hose öffnet, sie auszieht. Ein Rascheln von etwas Hartem über etwas Weiches. Panik knistert erneut durch mich, als ich eine weitere Gürtelschnalle höre.

»Bereit?«

Jetzt gibt es kein Zurück mehr. »Ich bin bereit.«

Und er tut etwas, das mir nicht mal in den Sinn gekommen ist. Keine Sekunde lang. Er fädelt eine Lederschlinge – seinen Gürtel – über meinen Kopf und zieht sie straff. Jetzt stecke ich richtig in der Tinte.

»Mach den Mund auf.«

»Ich …«

»Mach schon.« Der Ton seiner Stimme klingt fest und gleichzeitig freundlich. Er streichelt mit einer Hand meine Wange, eine beruhigende Geste, die besagt: *Das ist jetzt vielleicht beängstigend, aber vertrau mir.* Ihm vertrauen? Ich wäre verdammt noch mal wahnsinnig, würde ich ihm vertrauen. Und dennoch tue ich, was er von mir verlangt. Er rutscht vorwärts und schiebt mir sein Glied in den Mund. Ich habe das noch nie vorher erlebt, deshalb frage ich mich im Wesentlichen, was zum Teufel ich jetzt tun soll. Er ist steinhart, schmeckt sauber und ein wenig nach Moschus … und er ist gewaltig, passt kaum in meinen Mund. Ich merke, dass ich ihn nur zur Hälfte aufgenommen habe, als er den Ansatz meiner Kehle erreicht.

»Scheiße!« Der Fremde zischt, als ich sauge, Unterdruck um seine Erektion erzeuge. Ich glaube, das habe ich richtig hinbekommen. Seine Hüften wogen zurück, und er gleitet mit einem schmatzenden Geräusch aus meinem Mund. »Glaubst du immer noch, dass du mich in dir haben willst?« Er weiß genau, wie groß er gebaut ist, und klingt darüber ziemlich selbstgefällig. Das wird höllisch wehtun, aber er soll nicht merken, dass ich noch Jungfrau bin. Das weiß nicht mal Eli. Ich bin sicher, sonst hätte er diesem Mann erheblich mehr berechnet, und allein der Gedanke dreht mir den Magen um.

»Ja«, sage ich zu ihm. »Ja, ich will dich.«

»Gut. Aber lass uns zuerst das hier tun.« Er krallt eine Faust in mein Haar und hebt meinen Kopf näher zu sich, dann schiebt er sich wieder in meinen Mund, gleitet rein und raus, während er leichten Druck auf meinen Hinterkopf ausübt. Ich winde mich auf dem Bett, überrasche mich selbst damit, wie sehr mich das aufgeilt. Allerdings bin ich überwältigt, als er am Gürtel zieht.

Überwältigt.

Sogar in der Dunkelheit sehe ich Sternchen vor den Augen. Ich kann kaum atmen, weil mir die Luftröhre zugeschnürt wird und sein Schwanz weiter in meinen Mund stößt. »Bleib bei mir, ja?«, brummt er.

Angst und Erregung sammeln sich in meinem Bauch. Es ist dasselbe Gefühl, das ich als Kind immer hatte, bevor ich in eine Achterbahn gestiegen bin, nur tausendfach verstärkt. Und um einiges beängstigender. Zwischen meinen Beinen krampft sich meine Vagina zusammen, während er die Hüften vor und zurück bewegt und den Gürtel gerade so straff gezogen hält, dass ich eine Winzigkeit Luft in die Lunge bekomme.

Er schaudert, als seine Erektion noch härter wird. Ich glaube, ich weiß, was passieren wird, wenn er jetzt nicht aufhört. Aber er hört auf. Schwer atmend zieht er sich zurück und kauert sich neben das Bett, schiebt die Finger unter den Gürtel und lockert ihn. Sein Gesicht ist dem meinen so nah, dass ich die intensive Kraft seines Blickes spüren kann, als er mich in der Dunkelheit anstarrt. Zwar kann ich immer noch nicht das Geringste sehen, aber vielleicht besitzt der Mann eine bessere Nachtsicht als ich.

»Dein Mund ist perfekt«, flüstert er. Und dann folgen zwei Dinge, die mich überraschen. Erstens streicht seine Hand geradezu andächtig über meine schweißfeuchte

Haut und wischt mir die Haare aus dem Gesicht. Zweitens haucht er mir einen ungemein zarten Kuss auf die Stirn.

»Weil du ein so braves Mädchen warst, bringe ich dich jetzt zum Kommen«, flüstert er. Ein Zittern gespannter Erwartung flimmert über meine Haut, und er kichert. »Du bist sogar ein *sehr* braves Mädchen.«

Damit klettert er ins Bett und geht in Position, hakt die Arme unter meine Hüften, hebt mich ihm entgegen. Die Stellung ist unangenehm, weil meine Fußgelenke immer noch ans Bett gefesselt sind. Doch alle Gedanken an mein Unbehagen verfliegen, als er das Gesicht zwischen meinen Schenkeln vergräbt und abermals an meiner Klitoris zu saugen beginnt.

»Ahhh!«

Diese Empfindung ist zu stark. Ich fühle, wie ich aufsteige, höher und höher, während sich zwischen meinen Beinen unbekannte, unergründliche Gefühle aufbauen. Sie entfalten sich als zartes Kribbeln in meinem gesamten Körper, werden intensiver und intensiver … und dann …

Dann schreie ich. Laut, unzusammenhängend. Ich würde ja Gottes Namen schreien, doch ich bezweifle, dass Gott damit in dieser Situation einverstanden wäre. Und ich habe keine Ahnung, wer dieser Mann ist, also kann ich auch nicht seinen Namen brüllen. Ich schreie einfach für mich selbst – wegen des Feuerwerks, das in meinem Kopf abgeht, wegen des Infernos, das über meine Haut züngelt, mich verbrennt, mich hohl und verausgabt zurücklässt. Ich erschlaffe, nach wie vor zitternd, während er weiter mit der Zunge über meinen Kitzler leckt, wieder und wieder.

»Aufhören, bitte aufhören«, presse ich mit rauer Stimme hervor.

»Mmm, so selbstsüchtig«, murmelt er in meine Muschi, bringt mich dazu, sie zusammenzuziehen. »Vergiss nicht: Jetzt bin ich dran.« Einen Moment lang hantiert er herum – *Kondom? Scheiße, ich hoffe, das ist ein Kondom.* Dann lässt er meine Hüften fallen und stößt mit einer fließenden Bewegung in mich. Seine Hände packen dabei mein Becken, halten mich fest.

Oh … mein …

Die Schmerzen sind beinah lähmend. Erst ein unangenehmes Gefühl, ein Aufbau von Druck, dann eine stechende Entladung, die mich wissen lässt, dass es passiert ist. Er hält inne.

»Was …« Er atmet tief ein. Und aus. »Das hättest du mir vielleicht nicht vorenthalten sollen«, sagt er leise. Er seufzt, als wäre er enttäuscht von mir, was ich als total verrückt empfinde. »Bist du bereit?«, fragt er.

Meine Stimme ertönt als schwaches Flüstern, als ich antworte. »Ja.«

»Versuch, dich zu entspannen.« Er füllt mich aus, dehnt mich, ergänzt mich. Langsam fängt er an, behutsamer, als er es wohl getan hätte, wenn er mich nicht gerade entjungfert hätte. Nach einer Weile lassen die Schmerzen nach, verflachen allmählich, bis ich mich nicht mehr bei jedem Stoß verkrampfe, sondern dagegenhalte. Gegen Ende fickt er mich wie ein Güterzug – unaufhaltsam und rasend vor Verlangen. Er kommt so heftig, dass er brüllt.

Ich natürlich nicht. Es ist mein erstes Mal, und die Schmerzen überwiegen ein wenig die Lust. Mein Verstand ist zu benebelt, um zu verstehen, was vor sich geht, als er von mir steigt und meinen Körper hinuntergleitet. Seine Lippen liebkosen die Innenseiten meiner Schenkel, und ein Schauder durchläuft mich, als seine Finger mein

Allerheiligstes streicheln. Die Berührung soll mich nicht erregen – sie fühlt sich mehr wie eine Entschuldigung an. Er bewegt sich in der Dunkelheit herum, entfernt die Fesseln von meinen Hand- und Fußgelenken.

»Hat es dir gefallen?«, brummt er. Die Tiefe seiner Stimme lässt mich die Beine zusammenpressen.

»Ja … ja, hat es.« Am erschreckendsten, am meisten Übelkeit erregend finde ich, dass ich ihm damit die Wahrheit sage. Was zum Teufel stimmt bloß nicht mit mir?

Mit einem Grunzen entfernt der Fremde den Gürtel von meinem Hals. Durch das Verschwinden des Drucks habe ich das Gefühl, einen halben Meter über dem Bett zu schweben.

Ich verharre regungslos, während er seine Sachen zusammenpackt. Ich kann ihn neben mir spüren, als er sich anzieht. Dann stellt er sich neben das Bett und blickt auf mich herab. Wieder streichen seine Fingerspitzen über meine Wange, so zart, dass es beinah keine Berührung ist.

»Wir sehen uns.« Damit steuert er auf die Tür zu, und das plötzliche Licht aus dem Flur spaltet mir fast den Schädel, als er die Tür öffnet. Und als der Geheimnisvolle an der Schwelle innehält, erhasche ich den ersten und einzigen flüchtigen Blick auf ihn. Er trägt eine abgewetzte Lederjacke und steht mit dem Rücken zu mir. In der rechten Hand hält er eine schwarze Reisetasche, und er neigt den Kopf der Schulter zu. Er schaut nicht zu mir zurück. Während er verharrt, kann ich die Silhouette seines Profils erkennen, sein dunkles, zerzaustes Haar, die Konturen seiner vollen Lippen.

Und dann geht er.

Ohne dass ich seinen Namen erfahren habe.

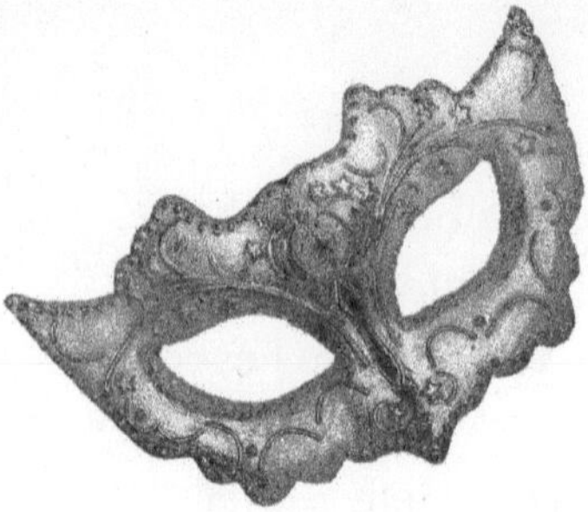

ZWEI

SLOANE

Eli geht nicht ans Telefon. Ich rufe seit drei Tagen an, und Eli – der verlogene, manipulative, widerliche Eli – geht nicht ans Telefon. Ich bin erst einmal in seiner Privatdetektei gewesen, einem dunklen, deprimierenden, nach abgestandenem chinesischem Essen stinkenden Büro über einem Schnapsladen in Rainier Valley. Ich habe heute Morgen die Visite im Krankenhaus ausgelassen, um herauszufinden, was zum Teufel los ist. Ein kleiner Teil von mir ist am Durchdrehen, seit ich jenes Hotelzimmer verlassen habe.

Du bist eine dämliche Idiotin. Er hat dich ausgetrickst. Du hast mit einem völlig Fremden geschlafen und einen Teil von dir aufgegeben, den du nie zurückbekommen kannst. Niemals. Und was jetzt?

Und was jetzt? Eine Antwort auf die Frage bekomme ich nur, wenn ich mit Eli spreche.

Die Stufen zu seinem Büro sind rutschig von festgetretenem Schnee. Ich bewältige sie mit größter Sorgfalt, halte bei jedem Schritt den Atem an. Seine Rostlaube von einem Auto parkt unten, von daher weiß ich, dass er hier ist. Ich weiß nur nicht, was ich zu ihm sagen soll. Immerhin kann ich schwerlich damit drohen, zur Polizei zu gehen, wenn er mir die versprochenen Informationen nicht gibt. Das würde nicht klappen – ich habe null

Beweise für meine Vereinbarung mit ihm, abgesehen davon ist Eli Privatdetektiv. Würde die Polizei je mein Wort über seines stellen?

Ich gehe schnurstracks hinein, denn ich weiß, wenn ich klopfe, zieht er den Schwanz ein und flüchtet. Kaum sehe ich den Mann auf seinem Stuhl sitzen, fange ich zu reden an.

»Was zum Teufel soll das, Eli? Ich hab zigmal angerufen, und …« Plötzlich klebt mir die Zunge am Gaumen fest, und ein Kurzschluss durchzuckt mein Gehirn. Das … das kann nicht sein. »Oh … o mein Gott!«

Als Erstes schlägt mir der Geruch entgegen. Gott, was für ein Gestank. Ich bemühe mich, so flach wie möglich zu atmen, trotzdem scheint die Luft in meinen Nebenhöhlen zu brennen. Ich bedecke mit den Händen das Gesicht, während ich den Anblick vor mir zu verarbeiten versuche. Eli war schon vorher ein korpulenter Mann, doch jetzt ist sein Wanst bizarr aufgebläht und drückt gegen den Schreibtisch. Dasselbe habe ich schon während meines Turnus gesehen, vorwiegend in der Leichenhalle. Aufgedunsen. All das Gas und die Bakterien wollen raus, und allem Anschein nach dürfte das eher früher als später auch passieren.

Eli ist die vergangenen drei Tage nicht ans Telefon gegangen, weil *er tot ist*. Sein Büro sieht aus, als hätte ein Berserker im Blutrausch darin gewütet. Das Blut bedeckt die Wände und den Schreibtisch. Es ist verkrustet und auf dem schon davor fleckigen Teppich getrocknet. Elis Mund steht zu einem grausigen Gähnen offen, die Augen sind nach oben gerollt. Seine Haut weist überall einen gräulichen Farbton auf – außer an den Händen. Sie ruhen auf dem Schreibtisch, die Finger dunkelviolett, fast schwarz von all dem Blut, das in seinen Handflächen geronnen ist.

Als ich endlich genug Kontrolle über meinen Körper erlange, um den Raum zu betreten und mich vor den Mann zu stellen, der mich um meine Jungfräulichkeit betrogen hat, weine ich bitterlich. Nicht weil ich so traurig über Elis Tod bin. Nein. Ich bin mir einigermaßen sicher, dass er mit seinem eigenen Brieföffner – der noch aus seiner Brust ragt – erstochen wurde. Ich weine, weil er *tot* ist. Jetzt kann er mir nie mehr verraten, wo Alexis ist. Ich werde nie erfahren, ob er die Wahrheit gesagt hat. Ob sie überhaupt noch lebt.

Aber nein, das *darf* nicht sein. Es kann nicht einfach so vorbei sein. Irgendwo hier muss es etwas geben, irgendeine Möglichkeit herauszufinden, was er mir mitteilen wollte. Mein Verstand legt sich quer, als mir klar wird, was ich tun muss. Ich habe schon viel Grausigeres als Elis Leichnam gesehen, doch es ist nicht der Ekelfaktor, der mir eine Ohnmacht zu verpassen droht. Es ist meine rasende Wut. Ich bin so wütend, fühle mich so betrogen, siede innerlich so sehr, dass ich Angst davor habe, was ich tun könnte, wenn ich mich ihm nähern muss. Zwar könnte ich nicht dafür verhaftet werden, wenn ich noch mal auf ihn einsteche, weil er ja bereits tot ist, aber trotzdem …

Ich will nicht mal das Blut des Toten an den Händen haben.

Ich atme tief ein und halte die Luft an, bevor ich mich widerwillig in Bewegung setze. Ich muss das einfach durchziehen – für Alexis. Alles für Alexis.

Vielleicht hat Eli die Informationen irgendwo anders in einer Akte verwahrt. Ein gewöhnlicher Privatdetektiv würde das doch bestimmt tun, oder? Allerdings war Eli mehr als ein gewöhnlicher Privatdetektiv. Er war auch ein Drogen vertickender Zuhälter. Administrative Tätigkeiten haben wahrscheinlich nicht sehr weit oben auf seiner Prioritätenliste gestanden.

Würgend bahne ich mir den Weg durch die Verwüstung in seinem Büro und steige über einen umgekippten Stuhl, um den kleinen Aktenschrank mit drei Schubladen zu erreichen. Er erweist sich als unversperrt. Die obere Schublade ist stark verbogen, als hätte sie jemand mit einem Brecheisen aufgestemmt. In ihr befinden sich Akten.

Mein Herz schwillt vor Hoffnung an, als ich die mittlere Schublade aufreiße und einen mit dem Namen meiner Schwester beschrifteten Aktendeckel finde: *Alexis Romera. Vermisste Person.* Mit zittrigen Fingern ziehe ich die Akte aus dem Schrank und sinke beinah auf die Knie. Auf Anhieb sehe ich, dass sie leer ist. Es befindet sich nichts darin, kein einziges Blatt Papier.

»Nein, nein, nein, jetzt komm schon!«

In allen anderen Akten sind Unterlagen. Banale Informationen über Kautionen und untreue Ehepartner. Nur die von Lex ist leer. Was soll das?

Auch auf Elis Schreibtisch und auf dem Boden findet sich nichts. Keine versteckten Schubladen oder Fächer, die enthalten könnten, wonach ich suche. Die Akte ist verschwunden. Jemand hat sie mitgenommen, und ich habe keine Ahnung, wer.

Plötzlich kann ich es nicht mehr zurückhalten – ich krümme mich vornüber, und die vergangenen drei Tage fordern letztlich ihren Tribut. Ich übergebe mich, erbreche mein spärliches Frühstück aus trockenem Toast und Orangensaft so heftig, dass es mir die Kehle wund scheuert.

Als ich Elis Büro verlasse, schluchze ich leise. Ich fühle mich nutzlos. Vollkommen machtlos. Schwach.

»Es tut mir so leid, Lex. So leid …« Ich weiß, sie kann mich nicht hören, trotzdem muss ich die Worte aussprechen. Sie laut einzugestehen, zwingt mich, sie zu akzeptieren, statt sie in meiner Brust einzusperren und zuzulassen, dass sie mich von innen heraus zerfressen.

Ich habe meine Schwester im Stich gelassen. Alle Hoffnung, sie zu finden, ist dahin. Das Schlimmste daran, dass ich mich damit abfinde, ist die Erleichterung. Sie durchströmt mich wie ein Atemzug, rast von meinem Kopf hinunter zu den Füßen. Es gibt nichts mehr, was ich tun kann. Auf mir lastet keine Verantwortung mehr. Ich bin ein unvorstellbar schlechter Mensch. Denn ich mache mir nicht mal die Mühe, Elis Tod zu melden.

Ich lasse ihn einfach zum Verwesen zurück.

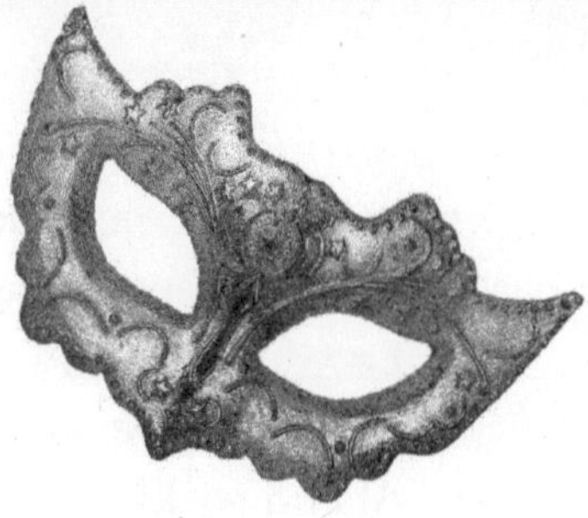

DREI

ZETH

(Zwei Jahre später …)

»Du bist ein unmöglicher Mensch.« Laceys Gelächter geht mir an diesem Vormittag unheimlich auf den Wecker. Sie setzt mir schon den ganzen Tag wegen der zwei jungen Frauen zu, die ich gestern Nacht mit nach Hause gebracht und um drei Uhr morgens prompt vor die Tür gesetzt habe, nachdem ich es ihnen zu Ende besorgt hatte. Lacey weiß einfach nicht, wann man besser die Klappe hält.

Wir sitzen seit 20 Minuten im Auto fest, und 20 Minuten im Auto mit Lacey kommen im Wesentlichen 20 Minuten in der Hölle gleich.

»Wie wär's, wenn wir mal ein Weilchen nicht reden, Lace, hm?«

»Wie wär's, wenn du mir erzählst, was der Kerl getan hat, und ich dafür den Mund halte? Klingt für mich fair.«

Lacey ist winzig. Als Kind hat sie zu wenig zu essen und nicht die nötigen Nährstoffe bekommen, die sie zum Wachsen gebraucht hätte. Deshalb reicht mir ihr Kopf kaum bis an die Brust. Ihr langes, blondes, vollkommen glattes Haar und die hellblauen Augen verleihen ihr das Aussehen eines Engels. Dabei hat es das verdammte Frauenzimmer faustdick hinter den Ohren.

Ich hätte sie ja heute zu Hause gelassen, nur kommt sie mit der eigenen Gesellschaft nicht so gut klar. Wenn man Lace sich selbst überlässt, kann üble Scheiße passieren, und einen Ausflug ins Krankenhaus brauche ich heute Abend wirklich nicht. Schon gar nicht nach dem, was ich gleich vorhabe.

»Frankie ist böse gewesen. Mehr brauchst du nicht zu wissen.«

»Wann ist Frankie denn mal nicht böse?« Lace verzieht den Mund. Sie und Frankie haben es ein paarmal miteinander getrieben, damals, bevor sie an meiner Schwelle aufgekreuzt ist wie eine streunende Katze und einfach nicht mehr gehen wollte. Seither ist sie auf delikatere Beute fixiert, nämlich die weiblichen Vertreter der Spezies. Meistens muss ich mit den Tussen, die ich mit ins Lagerhaus bringe, höllisch aufpassen. Lasse ich sie nur zehn Minuten aus den Augen, hat ihnen Lace die Höschen zu den Knöcheln runtergezogen und das Gesicht zwischen ihren Schenkeln vergraben. Die Frau kennt keine Grenzen.

Aber wie dem auch sein mag, ich glaube, dass sie immer noch so was wie eine Schwäche für Frankie hat. Sie war eine Weile still, als ich ihr verraten habe, wohin wir fahren – und das kommt nicht allzu oft vor.

»Mach einfach keine Szene, okay? Du wartest im Wagen, wie ich's dir gesagt hab'. Ich brauche höchstens fünf Minuten.«

Die Wahrheit ist, dass ich keinen Schimmer habe, was Frankie getan hat. Ich weiß nur, dass ich losgeschickt worden bin, um ihm einen Besuch abzustatten, und das passiert nur, wenn jemand mächtig Scheiße gebaut hat.

Charlie ist generell nicht unbedingt ein nachsichtiger Mensch, aber seine teuersten Spielzeuge packt er nur für seine teuersten Probleme aus. Jemand zahlt eine Darlehensrate nicht? Charlie schickt Sam los, und man wird um ein paar Fingernägel erleichtert. Verliert hingegen jemand eine Schiffsladung Koks mit dem Straßenwert einer Villa, wird er von *mir* aufgesucht.

Den richtigen Deckel für den richtigen Topf, pflegt Charlie zu sagen.

Wir halten vor Monterello Farm Markets, und ich lege den Leerlauf ein. Es regnet. Was für eine verfickte Überraschung. Willkommen in Seattle. Die Windschutzscheibe wird blickdicht, so heftig bombardieren sie die Regentropfen, sobald die Scheibenwischer innehalten. Einen Moment lang gibt es nur Lace und mich in unserer eigenen kleinen, chaotischen Welt. »Du hast mich doch verstanden, oder? Du bleibst im Auto.«

Sie zeigt mir den Drei-Finger-Gruß der Pfadfinder – was in der Regel bedeutet, dass ihr eigentlich nicht danach ist, sich zu fügen, sie aber keine Lust hat zu streiten. »Alles klar, großer Boss.«

So nennt sie mich schon, seit ich angefangen habe, sie dafür zu bezahlen, dass sie mein Geld für mich wäscht. Ich hätte dafür auch die Juden engagieren können, aber die sind schon reich genug. Außerdem braucht Lacey eine Aufgabe, auch wenn es eine illegale ist.

»Bin gleich wieder da.« Ich springe aus dem Wagen, hole die schwarze Tasche vom Rücksitz des Camaro und betrete Monterellos Laden ohne einen Blick zurück. Wahrscheinlich wird sich mir Lace heute nicht widersetzen. Der Regen würde ihr perfekt glattes Haar durcheinanderbringen. Ist schon echt schräg, dass ich solchen Frauenscheiß weiß.

Drinnen steht Archie Monterello, Frankies Bruder, hinter der Theke und packt etwas für eine alte Frau mit krummem Rücken und tadellos gestyltem weißem Haar ein. Wahrscheinlich eine Perücke. Er lässt die Tüte fallen, als er mich sieht. Tomaten kullern auf die Ladentheke und rollen weg.

»Frankie ist heute nicht hier, Zeth. Hat mit Cindy den Staat verlassen.«

Ich achte nicht auf den Jungen. Er wird – lausig – dafür bezahlt, dass er vorne im Laden die ehrbare, glaubhafte Fassade aufrechterhält, wenn man so will. Und dazu gehören Ablenkungsmanöver, wenn ein Mitglied der Familie in Schwierigkeiten steckt.

Sieht so aus, als würde ich erwartet.

Ich steuere geradewegs auf die Schwingtür zum hinteren Bereich des Ladens zu, während sich Archie über die Theke müht und sich seine grüne Schürze über der Schulter bauscht. »Zeth, ich mein's ernst, Mann. Frankie ist nicht hier.«

Aber als ich durch die hinten versteckte Bürotür krache, ist Frankie *definitiv* hier. Seine kaputte Junkie-Ehefrau ist auf den Knien und bläst ihm einen. Das schwarz-weiß gestreifte Kleid, das sie trägt, ist so weit hochgezogen, dass ich ihre Arschbacken sehen kann.

Der Ausdruck der Überraschung in Frankies Visage ist unbezahlbar; er ist derart perplex, dass er einige Herzschläge braucht, bis er Cindy auf die Schulter klopft. Einige weitere Momente verstreichen, bis ihr Kopf die Auf-und ab-Bewegungen einstellt.

»Pack den Schwanz ein, Frankie. Wir müssen uns unterhalten.« Das Letzte, was ich unmittelbar nach dem Abendessen sehen will, ist ein italienischer Pimmel.

Ich schaue zur Decke, während er den Reißverschluss zuzieht.

Cindy steht auf, stützt sich mit einer Hand an Frankies Schreibtisch ab und zupft mit der anderen ihr Kleid runter. Ihre Augen sind blutunterlaufen und vollkommen leer. Mit anderen Worten: Sie ist bis zum Anschlag zugedröhnt.

»Was bildest dir'n ein, Zeth? Weißte, du kanns' hier nich' einfach reinschnein, wann immer du Lust drauf hast.«

Ihr Ehemann klatscht ihr mit einem peitschenden Laut auf die Rückseite des Oberschenkels. »Halt's Maul, Schlampe. Pass auf, wie du mit meinen Geschäftspartnern redest.«

Ebenso gut hätte er einen Eimer eiskaltes Wasser auf sie gießen können. Ein Funken Leben entfacht in ihren Augen.

»Weißte was? Fick dich, Frankie. Hab Bess'res zu tun, als hier rumzustehn und dich 'n ganzen Tag zu verteidigen.«

»Wenn ich mich recht erinnere, warst du eben noch auf den Knien. Und jetzt raus hier. Zeth und ich müssen reden.«

Entweder hat er keine Ahnung, warum ich hier bin, oder er versucht, sich bei mir einzuschleimen. Spielt keine Rolle. Süßholzraspeln und Arschkriechen ziehen bei mir nicht. Ich verziehe die Lippen, als Cindy aus dem Büro stürmt. Unterwegs rempelt sie mich mit der Schulter an, und ich werfe Frankie mit hochgezogener Augenbraue einen Blick zu.

»Schlechte Einstellung«, meine ich zu ihm.

»Alles schlecht«, gibt er zurück. Vor zehn Jahren waren Frankie und Cindy wie Bonnie und Clyde. Inzwischen ist er ein zweitklassiger Schürzenjäger und sie eine verbrauchte Nutte. Aber Frank hat noch sein Aussehen – der einzige Grund, warum ihn Lacey überhaupt beachtet. Sie ist so oberflächlich. Macht einen Teil ihres Reizes aus. Frankie lehnt sich auf dem Ledersessel zurück und mustert mich.

»Weißt du, warum du diesen Auftrag bekommen hast, Zeth?«, fragt er.

»Sollte ich?«

Frankie zuckt mit den Schultern. »Die meisten Menschen wissen, warum sie einen Mann töten.«

Also ahnt er doch, warum ich hier bin. Keine große Überraschung. Man verärgert Charlie nicht in dem Ausmaß, ohne zu wissen, dass man Konsequenzen ernten wird.

»Ich bin nicht, was man den … *inneren Kreis* nennen würde. Ich bekomme eine Adresse und Anweisungen, sonst nichts.«

»Und einen Koffer voll Kohle, richtig?«

Jetzt zucke ich mit den Schultern. Gibt keinen Grund, auf schüchtern zu machen. »Richtig.«

»Also, was hältst du davon, wenn ich dir stattdessen *zwei* Koffer voll Kohle biete, Zeth? Wenn ich dich dafür engagiere, dass du auf der Stelle dorthin zurückfährst, von wo du gekommen bist, und der Sache ein für alle Mal ein Ende setzt?«

»Du willst mich anheuern, um Charlie zu töten?«

»Warum nicht?« Frankie ist schon ein unheimlich gefasster Mistkerl. Er ist reicher als Gott – die 1980er mögen lange her sein, aber Kokain ist immer noch die beliebteste Droge in Seattle. Und ich bezweifle, dass er zum ersten Mal versucht, sich jemandes Gnade zu erkaufen. Bestimmt hat vorher noch niemand Nein zu ihm gesagt. Aber bei mir verhält es sich so, dass ich keine Gnade kenne. Und sein Geld brauche ich nicht.

Ich lasse die Tasche, die ich immer noch trage, auf seinen Schreibtisch plumpsen. Öffne ihren Reißverschluss. Hole mein unverzichtbares Requisit hervor – meinen Staubmantel.

Frankie zuckt mit keiner Wimper. Der Penner muss Eier aus Gusseisen haben. »Ich bin Charlies Mann, das weißt du, Frank. Und ich hab heut' Nacht noch anderes zu erledigen. Also lass es uns hinter uns bringen, ja?«

Der Grund für Frankies Ruhe erscheint den Bruchteil einer Sekunde später in seiner Hand. Der Scheißer hatte die ganze Zeit unter dem Schreibtisch ein Schießeisen auf mich gerichtet. Desert Eagle Kaliber 50. Nett. Er hält die Knarre in Schulterhöhe mit ausgestrecktem Arm.

»Schade, dass du den Auftrag nicht einfach für mich übernimmst. Charlie wirtschaftet schon seit Jahren alles in Grund und Boden. Höchste Zeit für ihn abzudanken, wenn du verstehst, was ich meine. Und Zeit für dich, auf der Stelle zu verschwinden, klar?«

Im Verlauf der Jahre sind schon viele Knarren auf mich gerichtet gewesen. Die Absicht eines Menschen ist immer direkt in seinen Augen, wo man sie lesen kann wie Seiten eines Buchs. Manche wollen einem nur so viel Angst einjagen, dass man zurücksteckt. Andere bemühen sich verzweifelt, die eigene Angst zu verbergen, und vergessen darüber völlig, einen glauben zu lassen, dass sie es *ernst* meinen. Aber man *muss* es ernst meinen.

Und manche sind wie Haie. Eiskalt. Menschen, die schon unzählige Male den Abzug gedrückt und dabei nie gezögert haben.

Frankie, der kleine Scheißer, erweist sich als Hai.

Was ich mir nie gedacht hätte. Ich balle die Finger um den Staubmantel und starre auf meine Faust hinab.

Es gibt in dieser Lage kaum etwas, das ich tun kann. Die Dinge werden sich so entwickeln, wie sie eben sollen. »Ich schätze mal, das ist die Stelle, an der du mich abknallst, was?«

»Ich schätze mal, damit hast du recht«, antwortet er.

Irgendjemand hat irgendwo sinngemäß etwas gesagt, das ich mir unbedingt auf die Brust tätowieren lassen musste, als ich mal betrunken war: *Wie es kommt, so kommt es.* Mittlerweile weiß ich, dass es sich um eine Anspielung auf Billy Pilgrim in Vonneguts *Schlachthof 5 oder Der Kinderkreuzzug* handelt. Aber ich gebe regelmäßig vor, es nicht zu wissen. Sonst müsste ich nämlich zugeben, dass ich in der High School tatsächlich etwas gelesen habe, bevor ich ohne Abschluss ausgestiegen bin.

Aber egal. Als die Kugel durch die Luft zischt, wird mir klar, wie verfickt zutreffend der Spruch ist. *Wie es kommt, so kommt es.* Dass ich heute Abend hier angeschossen werde, hat etwas Unvermeidliches an sich. Zugleich etwas Offensichtliches und Unglaubliches.

Schmerz schießt wie ein weißglühender Blitz durch meinen Körper. Das Projektil schlägt fünf Zentimeter unter dem Schlüsselbein in meine Brust ein … und sagen wir einfach, es tut *beschissen* weh.

Frankie scheint verblüfft zu sein, dass ich immer noch aufrecht stehe. An seiner Stelle hätte ich bereits fünf weitere Male auf mich geschossen, das gesamte Magazin geleert, um sicherzustellen, dass ich mausetot wäre. Der Scheißer wird sich noch wünschen, er hätte es getan. Ich hechte über den Schreibtisch, packe die Pistole in seiner Hand und entreiße sie seinem Griff.

»Schwerer Fehler, Frankie. Schwerer Fehler.« Ich hole mit der Faust aus und lasse sie mit brutaler Gewalt auf sein

Gesicht zurasen. An das Knirschen, wenn Metall Knochen bricht, Haut aufplatzen lässt und Muskelgewebe durchtrennt, werde ich mich wohl nie gewöhnen. Trotzdem gestatte ich mir bei Gelegenheiten wie dieser, es ein bisschen zu genießen. Nur ein bisschen. Schließlich müssen wir alle versuchen, Freude an unserer Arbeit zu finden – und Schmerz weckt immer meine dunkle Seite.

Frankies Kopf rollt nach hinten in den Nacken, als meine Faust immer und immer wieder in sein Gesicht drischt. Meine Hände, mein T-Shirt, mein Jackett, meine Jeans – alles ist voll Blut, bis der Kerl endlich erschlafft. Ich lache hysterisch, als Blutblasen Schaum auf seinen Lippen bilden.

»Es war nicht meine Schuld«, lallt er. Durch seine nunmehr zerbrochenen Zähne klingen die Worte etwas undeutlich, aber ich verstehe trotzdem, was er sagen will. »Wenn man Menschen für drei … drei Tage in einen versiegelten Transportcontainer steckt, dann … dann sterben sie nun mal, Zeth. Wie … wie kann das meine Schuld gewesen sein?«

Die Burritos, die ich vor einer Stunde gegessen habe, fangen in meinem Magen zu brodeln an. Wovon zum verfickten Teufel redet er da? Ich hole mit der Faust aus, will sie erneut auf seinen Mund niedersausen lassen, aber … ich kann nicht. Das … das ist ja einfach verflucht perfekt. »Was für *Menschen?*«

»Die Menschen, die Charlie über den Hafen einschleust. Mädchen. Mädchen in Con… Containern.«

Ich lasse Frankie los. Mädchen in Containern? Charlie hat mir vor zwei Jahren versprochen, dass er *nicht* mit Mädchen handelt. Drogen und Schießeisen, ja. Aber er hat geschworen: kein Menschenhandel.

»Wofür transportiert er die Mädchen?« Ich halte die Hand in Schulterhöhe, zucke vor lauter Schmerzen zusammen. Da ich sie niemand anderem zufüge, ballen sie sich zusammen und ergießen sich über mich selbst.

»Was meinst du wohl, wofür?«, presst Frankie krächzend hervor. »Er streicht 220 Riesen pro Nummer ein, wenn er beweisen kann, dass sie noch … noch … unversehrt sind.« Er verschluckt sich am Blut, das sich in seinem Mund sammelt. Es läuft ihm das Kinn hinunter, tropft auf sein ruiniertes Hemd.

»Du lügst.«

»Tu ich nicht«, entgegnet er – und verflucht, ich glaube ihm.

Scheiße.

Charlie war es, der mich die ganze Zeit belogen hat.

Ein Teil von mir möchte glauben, dass dieser Geschäftszweig eine neue Entwicklung ist. Aber ich kenne meinen Boss. Er hat einen Abschluss, einen Magister und einen gottverdammten Doktortitel im Lügen. Vor allem, wenn es um Geld geht. Auf keinen Fall würde er sich 20.000 Mäuse für einen namenlosen Teenager entgehen lassen, den er sich von der Straße schnappen kann.

In meinem Kopf dreht sich alles. Ich fühle mich betäubt und orientierungslos von der Kugel, die sich in meine Schulter gebohrt hat. Trotzdem kann ich durch den Nebelschleier, der meinen Verstand hemmt, immer noch denken. Bedeutet das, ich hatte wegen des Mädchens recht? Bedeutet das, Charlie *hat* die Schwester der jungen Frau vor fast drei Jahren entführt?

Als ich *sie* zum ersten Mal gesehen habe, hat sie in der Nachtschicht im Krankenhaus gearbeitet. Mein verkommener Onkel war damals gerade abserviert worden –

was ihm nicht gut bekommen war. Wird jemand *richtig* abserviert, bringt man ihn die üblichen hundert Kilometer aus der Stadt und vergräbt ihn anderthalb Meter tief. Ihn hingegen hatte man nur entlang der Autobahn aus einem fahrenden Auto geworfen. Und so blieb es an mir hängen, die Leiche zu identifizieren. Also zumindest das, was noch von ihr übrig war.

Sloane war eine gebrochene junge Frau, das merkte ich auf Anhieb. Wunderschön auf unscheinbare Weise – lebhafte braune Augen, gewelltes braunes Haar. Aber es war der Kampfgeist in ihren Augen, der mich gefesselt hat. Gefesselt und innerhalb von nur zehn Sekunden in seinen Bann geschlagen.

Wir haben uns von Angesicht zu Angesicht im Gang gegenübergestanden, während sie auf den Fahrstuhl gewartet hat, und ihr Blick ist dem meinen begegnet. Ich hatte das Gefühl, von oben bis unten ausgeweidet zu werden. Gleichzeitig jedoch wusste ich, dass sie mich in Wirklichkeit gar nicht sah. Stattdessen sah sie irgendein entferntes Grauen, über das ich nur rätseln konnte. Und ich rätsle nicht gern.

Ich machte es mir zur Aufgabe, alles über sie in Erfahrung zu bringen, was es zu wissen gab. Dabei fand ich heraus, dass ihre Schwester verschwunden war. Einfach von der Straße entführt, nur 18 Jahre alt. Sloanes Familie, das waren Christen bis ins Mark – Freundschaftsringe, jeden Sonntag Kirchenlieder, kein Fluchen, kein Trinken, das volle Programm.

Erst als ihre Schwester entführt wurde, hörte Sloane auf, die Kirche zu besuchen. Auch das Kreuz, von dem ich wusste, dass sie es von ihrer Mutter hatte, trug sie nicht mehr. Sie hatte aufgehört zu glauben, weil es zu schwierig war, den Glauben aufrechtzuerhalten, nachdem etwas so Schreckliches ihr Leben überschattet hatte.

Und als Draufgabe, ganz im Stil des zutiefst niederträchtigen Mistkerls, der ich bin, habe ich ihr auch noch die Jungfräulichkeit genommen.

Ich hatte herausgefunden, dass Eli Harris sie erpresste. Drauf kam ich, als er aufgekreuzt war, um seine Abgaben an Charlie abzuliefern. Er hat mit dem Handel geprahlt, auf den er sich mit ihr geeinigt hatte. Das tat er, während er das Schutzgeld überreichte, das er jeden Monat zahlte, damit Sammy und die Jungs ihm nicht sein Geschäft vermasselten.

Der kranke Bastard hielt es für saukomisch, dass er kurz davorstand, ihren Arsch an den Meistbietenden zu verkaufen, einen Kerl, den ich nur dem Ruf nach kannte. Einen Kerl, der seine Frauen gern grün und blau schlug, während er sie fickte. Ich habe satt dafür bezahlt, seinen Platz einzunehmen – das Doppelte von Elis monatlichem Schutzgeld.

Anschließend brachte ich Eli dazu, alles auszuspucken, alles, was er über Alexis Romeras Verschwinden wusste. Der Zuhälter behauptete, es sei Charlie gewesen. Ich glaubte ihm nicht. Stattdessen brachte ich ihn allein für die Worte um. Und später zeigte sich Charlie zutiefst gekränkt, als ich ihn damit konfrontierte.

Du solltest mich eigentlich besser kennen, Junge. Ich hab die Finger in einigen fragwürdigen Machenschaften, aber Muschis interessieren mich nicht. Die Scheiße bringt zu schlechtes Karma. Und jetzt verpiss dich gefälligst.

Ich genoss meine eine Nacht mit Sloane und kappte danach alle Verbindungen. Ließ ihr keine Möglichkeit herauszufinden, was Eli versprochen hatte, ihr zu sagen.

Klar, das war heftig, immerhin hatte sie ihren Teil des Handels eingehalten und nie die Spur bekommen, hinter der sie her war. Aber Scheiße, wenigstens hab ich dafür gesorgt, dass sie es genießen konnte. Und dass sie nicht jedes Mal, wenn sie die Augen schließt, Albträume über mein Gesicht hat. Ich weiß, ich hätte damals auch einfach davongehen und sie in dem Hotelzimmer als Jungfrau zurücklassen können, unversehrt. Andererseits konnte ich das eben *nicht*. Ich meine, immerhin reden wir hier von *mir*. Ich musste sie einfach haben. Außerdem hatte sie die Kleinigkeit ihrer Jungfräulichkeit ohnehin verheimlicht. Hätte ich darüber Bescheid gewusst, wäre die Sache vielleicht anders abgelaufen.

Ja, genau.

»Bist du dir ganz sicher?« Mein Griff um Frankies Hals verstärkt sich, seine Augen quellen förmlich aus den Höhlen.

»Ja, Mann! Ja, ich bin mir sicher!«

Fick dich, Charlie. Ich bücke mich und hebe das Schießeisen vom Boden auf, wohin es Frankie fallen gelassen hat. Desert Eagle: Normalerweise töte ich nicht mit Schusswaffen, aber manchmal muss man für ein Kunstwerk eine Ausnahme machen.

»Zeth! Zeth, Mann, nicht! Es tut mir leid, in Ordnung? Es … es tut mir leid, dass ich auf dich geschossen hab!«

Bettelei macht mich gereizt. Ich tue es. Ich drücke den Abzug, und Frankies Kopf schnellt zurück wie der eines getroffenen Boxers, nur ist da Blut. Eine ganze Menge Blut und Knochensplitter wie kleine Scherben zerbrochenen Porzellans.

»Warum muss ich nur ständig recht haben?«

Als ich mich umdrehe, steht Lacey an der Tür und presst sich die Hand gegen die Brust. Sie ist nass bis auf die Haut und keucht.

»Lacey …«

»Zerbrich dir nicht den Kopf darüber«, sagt sie zu mir. »Ich hab's schon gewusst.« Sie stolpert in den Raum und blickt auf Frankie hinab, die Augenbrauen zusammengeknautscht, den Mund zu einer verwirrten Schnute verzogen.

Ich würde gern glauben, dass es ihre erste Leiche ist, nur weiß ich es besser. Sie dreht sich mir zu und streckt die Hand aus. »Komm. Schaffen wir dich ins Krankenhaus.«

Ich ergreife die Hand nicht.

»Nein. Kein Krankenhaus. Dorthin gehe ich nicht.«

Ich will nicht riskieren, Sloane wiederzusehen. Jedenfalls nicht, bevor ich die Wahrheit aus Charlies Mund gehört habe. Und wenn ich sie aus ihm herausprügeln muss.

Ich *werde* die Wahrheit erfahren.

VIER

SLOANE

»Zehn Milliliter Epinephrin. Geben Sie im OP Bescheid, dass wir sofort raufkommen.«

»Ja, ich … ich mache das.«

Ich schaue auf, und der dürre Assistenzarzt mit dem üblen Haarschnitt steht immer noch da und starrt auf den Mann, der auf der Transportliege vor ihm verblutet. Den Mann, in dem ich bis zu den Handgelenken stecke.

»Worauf warten Sie noch? *LOS!*«

Ein neuer Schwung an Assistenzärzten ist immer ein Albtraum. Sie sind so grün hinter den Ohren, dass sie zu absolut nichts nütze sind. Und wir sollen ihnen beibringen, wie man Menschen heilt, während wir bei Autounfällen abgetrennte Gliedmaßen und Schussverletzungen behandeln und die Welt um uns herum einzustürzen droht. *Ich* soll es ihnen beibringen. Was der blanke Wahnsinn ist, weil ich es selbst gerade erst gelernt habe.

»Er kollabiert, Doktor. Adrenalin?«, fragt die Pflegerin.

Adrenalin ist das Letzte, was dieser Mann braucht. Sein Herz gibt so schon fast den Geist auf. Was er braucht, ist jemand, der das klaffende Loch in seinem Bauch schließt. Gott weiß, wie viele seiner inneren Organe zerfetzt sind. Ich jedenfalls werde es erst wissen, wenn ich ihn ordnungsgemäß geöffnet und das ganze Blut beseitigt habe. Im Augenblick kann ich nur eins mit Sicherheit sagen, nämlich dass der Mann sterben wird, wenn wir nichts unternehmen. Und zwar bald.

»Schaffen wir ihn einfach in den Aufzug«, sage ich zur Pflegerin. Sie nickt, löst die Bremsen der Räder der Transportliege und ruft ihrem Team Anweisungen zu, ohne mit der Wimper zu zucken. Grace ist ein Vollprofi. Wahrscheinlich könnte sie diesen Mann ganz allein retten, wenn es sein müsste. Wie vermutlich die Hälfte des Pflegepersonals in diesem Krankenhaus, wenn es hart auf hart käme. Alle werden gewaltig unterschätzt, sind unterbezahlt und überarbeitet.

Die Leute legen sich ins Zeug, als wir die Transportliege zum Aufzug schieben, ich immer noch mit den Händen im Patienten. Ich wippe auf den Fußballen, während wir beobachten, wie die Zahlen der Stockwerke hochgezählt werden. Mittlerweile machen mir Fahrstühle nichts mehr aus. Zu viele solcher Fahrten haben mich unempfindlich gegenüber beengten Platzverhältnissen werden lassen. Das Krankenhaus umfasst nur vier Geschosse, dennoch scheint eine Ewigkeit zu verstreichen, bis die verdammten Türen endlich aufgleiten. Schließlich tun sie es, und wir kämpfen wieder rasend gegen die Zeit.

»Hinein, hinein! Bewegung!« Der Assistenzarzt, den ich losgeschickt habe, um im Operationssaal vorzuwarnen – ich glaube, er heißt Mikey –, schafft es gerade noch rechtzeitig, die Türen abzufangen. »Wissen die, dass wir kommen?«

»Ja.«

»Er hat einen Herzstillstand, Doktor«, teilt mir Grace in dem Moment mit, als das Herzfrequenz- und Blutdruckmessgerät zu kreischen beginnt. Ich ziehe die Hände aus dem Mann und schnappe mir Mikey.

»Halten Sie ihn zusammen.«

Mikey glotzt mich an wie ein Reh im Scheinwerferlicht eines Lastwagens, als ich auf die Wunde des Patienten deute. »W-wie meinen Sie das?«

Ich packe seine Hände und lege sie dorthin, wo ich sie brauche. »Ich meine damit, Sie sollen die verdammten Eingeweide im Körper dieses Mannes halten!«

Vielleicht befolgt Mikey meine Anordnung, vielleicht auch nicht. Ich vergeude keine weitere Zeit. Ich beuge mich über den Patienten, so weit ich kann, und fange mit einer Herzmassage an.

Eins, zwei, drei, vier, fünf…

An höherer Stelle hat man vor einer Weile entschieden, dass Beatmung bei einem Patienten mit Herzstillstand nicht nötig ist. Höchste Priorität hat es, das Herz wieder zum Schlagen zu bringen. Grace beatmet ihn trotzdem. Sie beginnt damit, bläst in gleichmäßigen Stößen Sauerstoff in seine Lunge, während ich bei der Arbeit an der Herzmassage grunze.

Die Türen öffnen sich wieder.

»Okay, Bewegung.« Ich kann nicht gleichzeitig pressen und rennen, also springe ich auf die Fußleiste unten an der Transportliege und fahre in den OP mit. Als ich noch so grün hinter den Ohren wie Mikey war, habe ich Ärzte dasselbe tun sehen und konnte mir nie vorstellen, dass ich mal so nervenstark sein würde, um selbst diese Person zu werden. Allerdings hat sich in den vergangenen vier Jahren viel gewandelt.

Lex' Verschwinden und mein Versuch, sie zu finden, haben mich so dramatisch verändert, dass ich nicht mehr derselbe Mensch wie früher bin. Stattdessen bin ich haargenau der Mensch, der ich sein muss, um mich in diesem

Job auszuzeichnen. Ich bin sachlich. Und berechnend. Ich knicke unter Druck nicht ein. Ich bringe Dinge zu Ende.

Angefangen hat alles in jenem Hotelzimmer damals. In jener Nacht habe ich einen Teil von mir eingetauscht, verkauft oder gewissermaßen ausgelöscht. Einen Teil von mir, der mich nur daran gehindert hätte zu tun, was getan werden musste.

Meine allererste Operation habe ich an mir selbst vorgenommen. Ich habe mir meine Schwäche mit einem rostigen Skalpell herausgeschnitten und die herrliche Leere genossen, die danach zurückgeblieben ist.

Das Pflegeteam wartet bereits, als wir Operationssaal drei erreichen. Mittlerweile habe ich unseren noch nicht identifizierten Patienten für 215 Sekunden am Leben erhalten. Uns läuft die Zeit davon. Dr. Massey steht in voller Montur bereit, als wir den sterilen Vorraum zwischen dem Korridor und dem OP erreichen. Massey ist gut, eine Koryphäe bei Traumata. Ich bin so erleichtert, dass ich beinah grinse, als ich sein Gesicht sehe.

»Kein Ausweis. Verkehrsunfall, unbekannte innere Verletzungen. Abfall des Blutdrucks zwischen Erdgeschoss und Ebene zwei.«

Massey nickt, das Gesicht bereits von der Maske verhüllt, aber seine Augen wirken ruhig. Sie besagen, dass er die Lage im Griff hat.

»Sterilisieren Sie die Hände, werfen Sie sich in Schale und schwingen Sie Ihren Hintern hierher zurück. Das sieht nach einem Job für zwei Paar Hände aus.«

Das OP-Pflegepersonal übernimmt die Transportliege und verschwindet mit meinem Patienten durch die Doppeltür. *Mein Patient.* Wenn man die Hände in einem

Menschen hatte, ob er nun überlebt oder stirbt, dann fühlt man sich für ihn verantwortlich.

»Heilige Scheiße.« Mikey steht neben mir. Seine Latexhandschuhe strotzen vor Blut, sein Kittel hat sich damit vollgesogen. Er sieht aus, als hätte er gerade einen gepflegten Amoklauf hingelegt. »Das war heftig.«

»Das war *schlampig*«, korrigiere ich ihn. »Sie können nicht einfach so in eine Schockstarre verfallen, Mikey. Ihr Zögern könnte irgendjemanden das Leben kosten.« Ich komme mir vor, als hätte ich gerade einen Welpen getreten.

Mikey ist wahrscheinlich nur drei Jahre jünger als ich. Aber in unserer Wirklichkeit machen drei Jahre Erfahrung eine Lebenszeit aus. Bei mir wird ihm sein trauriger Dackelblick keine Bonuspunkte einbringen. Wir dürfen uns keine Gefühle wie Gewissensbisse gestatten. Gewissensbisse bedeuten, dass wir etwas falsch gemacht oder nicht genug getan haben. In diesem Krankenhaus ist kein Platz für *falsch* oder *nicht genug*.

»Werden Sie ihn retten?«, fragt Mikey.

Kann ich das? Kann ich für diesen Patienten tun, was ich für meine eigene Schwester nicht tun konnte? Ich sage Mikey dasselbe, was ich mir selbst jeden Morgen sage, bevor ich einen Fuß in das Krankenhaus setze.

»Ich werd's versuchen. Und mein Bestes geben.«

Wir verlieren ihn.

Manchmal reicht es einfach nicht, sein Bestes zu geben, ganz egal, wie viel Blut, Schweiß und Tränen man investiert. Gary Saunders, 27 Jahre alt, verblutet auf dem Tisch, während Dr. Massey und ich darum kämpfen, ihn zu retten. Allerdings sind seine inneren Organe völlig zerhackt, und manchmal gibt es dem nichts hinzuzufügen.

Ich habe gelernt, mich mit solchen Ergebnissen abzufinden, empfinde keine Schuldgefühle mehr. Ich bin nur ein Mensch, meine Macht hat Grenzen. Wenn die Menschen durch diese Türen kommen, vergessen sie, dass sie ihr Vertrauen in gewöhnliche Sterbliche setzen. Ich bin nicht Gott. Ich kann nicht mal annähernd Wunder wirken. An manchen Tagen kann man Menschen retten. Das sind die guten Tage. An den guten Tagen fühlt es sich an, als würde die Sonne ein bisschen heller strahlen. Aber dann sind da noch die beschissenen Tage. Tage wie heute.

Mir fällt die Verantwortung zu, Garys schwangerer Frau mitzuteilen, dass er tot ist. Diese Aufgabe wird oft auf mich abgeladen. Meine Kollegen finden, ich hätte ein besonderes Geschick dafür, schreckliche Neuigkeiten zu überbringen, obwohl ich in Wirklichkeit nicht anders als sie bin. Auch mich schmerzt es nach wie vor höllisch. Der Unterschied zwischen ihnen und mir ist lediglich, dass ich mich von dem Schmerz distanzieren kann. Ich bin sogar *Expertin* darin, mich von Schmerz zu distanzieren. Wäre das eine olympische Disziplin, ich bekäme die Goldmedaille.

Ich steuere auf das Wartezimmer für Angehörige zu und klopfe leise an die Tür. Drinnen dreht sich eine brünette Frau mit prallem Bauch auf ihrem Sitz, und mein Magen sackt mir zu den Knien. Das Klemmbrett, das ich bei mir trage, landet klappernd auf dem Boden.

»Lex? Alexis?« Den Bruchteil einer Sekunde, nachdem mir der Name herausgerutscht ist, erkenne ich, dass sie es nicht ist. Verwirrung huscht über die Züge der Frau. »Tut mir leid, ich …«

Diese Frau ist älter, als es Lex inzwischen wäre. Ihre Augen haben nicht denselben Braunton – sie sind etwas heller, beinah haselnussbraun. Stirnrunzelnd sieht sie mich an. »Kenne ich Sie?«

»Nein, nein. Tut mir leid. Einen Moment lang dachte ich, Sie wären jemand anders.«

»Schon gut. Ich bin einfach nur froh, einen anderen Menschen zu sehen. Ich warte hier schon seit Stunden. Niemand sagt mir etwas. Kann ich jetzt zu Gary? Er wird so wütend sein, wenn er nicht zur Arbeit kann. Er hat in seinem Leben noch keinen einzigen Krankentag gehabt.« Sie schweift ab. Auch das Lächeln ergibt durchaus Sinn – sie hat es sich ins Gesicht gepappt, um nicht allein in einem fremden Zimmer zu weinen. Aber sie kann sich so unbeschwert geben, wie sie will. Sie weiß Bescheid. Oder zumindest hat sie eine Vermutung.

»Tut mir leid, Mrs. Saunders, darf ich mich einen Moment zu Ihnen setzen?«

Ihr Lächeln fällt in sich zusammen. Als sie auf dem Sitz erschlafft, ist sie bereits in die erste Phase der Trauer eingetreten: Verleugnung.

»Nein. Nein, die haben gesagt, er wird wieder gesund. Das muss ein Irrtum sein. Können Sie bitte gehen und sich vergewissern, dass Sie wirklich hier sein sollten?«

Ich bin der Sensenmann. Für diese Menschen könnte ich ebenso gut Gevatter Tod höchstpersönlich sein. Sie werden mein Gesicht für immer mit den vielleicht schlimmsten Neuigkeiten in Verbindung bringen, die sie je erhalten.

»Es tut mir so leid, Mrs. Saunders. Es tut mir leid, aber es stimmt. Ich soll hier sein. Gary … hat es nicht geschafft.«

FÜNF

ZETH

Charlie hat England damals in den 1980ern verlassen, aber selbst nach 30 Jahren hat sein Cockney-Akzent nicht nachgelassen. Bei unserer ersten Begegnung habe ich beschissen lange gebraucht, um zu begreifen, was zum Teufel er mir sagen wollte. Inzwischen jedoch verstehe ich ihn tadellos.

»Muss ich dir die Ohren ausspritzen oder was, Junge? Ich wiederhol mich nicht gern. Mein Import-Export-Geschäft geht dich nichts an.«

Wie er so hinter seinem imposanten Monstrum von einem Schreibtisch sitzt, ist leicht nachzuvollziehen, warum er den Jüngeren eine Scheißangst einjagt. Sogar den Älteren. Er sieht wie ein aufgemotzter Robert De Niro aus, nur ist seine Präsenz noch wesentlich intensiver. Obwohl er Ende 60 ist, fickt er immer noch alles, was sich bewegt, schnupft alles, was auch nur annähernd weiß und pulvrig ist, und bringt jeden um, der ihn schief ansieht. Allerdings hat er mich in diese Welt der Gewalt geholt, deshalb gelingt es ihm nicht, mich einzuschüchtern.

Seit Frankie sind drei Wochen vergangen. Drei Wochen, seit mir eine Kugel aus der Schulter geholt wurde – von einem stümperhaften Trottel, der die Hose zu voll hatte, um mir in die Augen zu sehen. Drei Wochen, in denen ich mich erholen konnte und ein wenig rumgeschnüffelt habe.

»Ich wusste noch nicht mal, dass du ein Import-Export-Geschäft *hast,* Charlie. Ich dachte, du kaufst deine Produkte von den Russen. Oder den Mexikanern, wenn es sein muss.«

Er öffnet eine Schublade des Schreibtischs und holt eine kleine Holzkassette mit einer in den Deckel gravierten Lilie hervor. Für mich ist die Kassette ein Relikt aus der Kindheit.

Charlie hat mich früher oft auf seine Knie gesetzt und mir beigebracht, wie man seine Zigaretten rollt. In der Kassette hatte er immer seinen Vorrat.

Allerdings hat er mich nicht mehr gebeten, Zigaretten für ihn zu rollen, seit ich zehn war. Seit 23 Jahren nicht mehr.

»Es gibt mit Sicherheit etliches über meine Geschäfte, von dem du nichts weißt, Zeth. Ist nicht deine Schuld, das ist mir schon klar. Als ich dich unter meine Fittiche genommen hab, da hab ich dich jahrelang beobachtet und immer wieder überlegt: Wo passt der kleine Bengel am besten in meine Organisation rein, wenn ihm mal Haare an den Eiern wachsen? Ich hab dich *aufmerksam* beobachtet.

Hättest du auch nur ein Fünkchen Geschäftssinn erkennen lassen, hätte ich dich in die Seite der Dinge einbezogen, und du würdest heute alles über meine Nebenprojekte wissen. Und über alles andere, was damit zusammenhängt. Aber das hab ich nicht in dir gesehen, Zeth, nicht wahr? Stattdessen hab ich gesehen, dass du ein wilder kleiner Scheißer mit einem fiesen Naturell warst, und ich hab andere Verwendungszwecke für dich gefunden. Verwendungszwecke, die seit geraumer Zeit deine Bettgeschichten finanzieren.«

Die Botschaft ist mehr als deutlich – *säg nicht den Ast ab, auf dem du sitzt.* Für solche Botschaften hatte Charlie schon immer ein Faible. Scheiß nicht, wo du isst. Schau einem geschenkten Gaul nie ins Maul. All so was eben.

»Ich weiß alles zu schätzen, was du für mich getan hast, Charlie. Du weißt, dass es nicht darum geht.«

Er rollt seine Zigarette zu Ende. Dann steckt er sie sich in den Mund, schürzt die Lippen, fährt mit der Kippe darüber und versiegelt sie. Als er sie anzündet, kann ich den widerlich süßen Gestank des Marihuanas riechen, mit dem er seinen Tabak streckt. Er behält den Rauch kurz in der Lunge, bevor er ihn ausbläst und einen rasiermesserscharfen Blick seiner eisblauen Augen auf mich heftet. »Worum genau geht es *dann?*«

»Um die Mädchen. Um die Entführung und das Verhökern von Mädchen, die von zu Hause verschleppt werden.«

»Ich hätte dich nie für sentimental gehalten, Zeth.«

»Nicht sentimental. Bloß kein Monster.«

Das zaubert ihm ein fieses Grinsen in die Visage. »Wir wissen beide, dass du sehr wohl ein Monster bist.«

Das mag vielleicht stimmen, aber selbst ich habe Grenzen. Und entführte junge Frauen für Sex zu verkaufen geht für mich entschieden zu weit.

»Sag mir einfach die Wahrheit. Hatte Frankie recht, als er gesagt hat, du hättest einen *verfickten Versandcontainer* mit toten Mädchen auf dem Weg in den Hafen?«

Charlie zupft sich ein Tabakkörnchen von der Zunge. Schnippt es weg. »Wenn du drauf bestehst, die Wahrheit zu hören, dann gut, ja. 17 tote Mexikanerinnen. Musste die Hafenverwaltung schmieren, um sie verschwinden zu lassen. Echt scheußliche Sache.«

Obwohl ich schon vor seiner Bestätigung gewusst habe, dass es stimmt, hat ein kleiner Teil von mir etwas anderes gehofft. Ich springe explosiv von meinem Stuhl auf, der umkippt und klappernd auf dem Boden landet. Charlie beobachtet meine Reaktion mit ausdrucksloser Miene.

»Du hast mich verfickt noch mal belogen.«

»Bin ich dir irgendwie verpflichtet, Zeth?«, fragt er mich seelenruhig.

Ich spanne krampfhaft die Kiefermuskulatur an. »Nein.«

»Schulde ich dir irgendetwas?«

»Nein.«

»Warum gehst du dann davon aus, ich würde bei deinem bescheuerten Verhör einen Kniefall machen? Als du mich letztes Mal wegen der Mädchen gefragt hast, warst du nicht richtig im Kopf. Du hattest diese irre« – er schwenkt eine Hand in meine Richtung und verzieht das Gesicht – »*Mordlust* in den Augen, die du immer dann kriegst, wenn dir was über die Leber gelaufen ist.«

»Du hast ein Mädchen entführen lassen. Eine Kleine aus Seattle, vor zweieinhalb Jahren. Wo ist sie jetzt?« Ich stütze mich mit den Fingerspitzen auf Charlies Schreibtisch. Und bemühe mich mit aller Kraft, die wilde Bestie in Schach zu halten, die darum bettelt, ihn fertigmachen zu dürfen. Charlie lächelt milde, als fände er meine Wut geradezu drollig. Als wäre ich ein harmloser Welpe, der trotzig die Zähne bleckt. Arschloch.

»Ich entführe keine Amerikanerinnen. Und ich scheiße nicht, wo ich esse, das weißt du.«

Da ist es wieder.

»Ich habe geglaubt, viel über dich zu wissen. Wie's aussieht, hab ich mich geirrt.«

»Was interessiert dich überhaupt irgendeine beschissene Schnalle, die vor zweieinhalb Jahren entführt worden ist?« Er schnippt die Zigarette in den Kristallaschenbecher, der so groß ist, dass er beinah das Herzstück seines Schreibtischs bildet.

»Mir bedeutet sie nichts.«

»Aber sie bedeutet jemand anderem etwas, richtig? Vielleicht der kleinen Schlampe, mit der du's in letzter Zeit treibst?«

Er weiß von Lacey, hat sie aber vorher noch nie erwähnt. Sie ist zu weit unter seiner Würde, um auch nur auf seinem Radar zu erscheinen. »Nein. Das hat nichts mit ihr zu tun.«

Charlie grunzt. »Tja, so oder so, ich kann dir nicht weiterhelfen, Junge. Ich weiß nichts über irgendeine verschwundene Nutte. An deiner Stelle würd ich sie einfach vergessen. Klingt für mich, als würdest du das schon über zwei Jahre mit dir herumschleppen. Wenn du so weitermachst, könnte sich zwischen dir und mir ein kleines Problem entwickeln.«

Ich lege den Kopf schief, als ich den gefährlichen Ausdruck in Charlies Visage betrachte. Zwischen uns *hat* sich bereits ein Problem entwickelt, er weiß es nur noch nicht.

Ich habe noch 15 Minuten, um es nach Hause zu schaffen, bevor Lacey wieder mal ausrastet. Ich war heute den ganzen Tag weg, weil ich darauf gewartet habe, mit Charlie zu reden – zum ersten Mal, seit mich Frankie mit der Schussverletzung außer Gefecht gesetzt hat. Und mein anhänglicher Hausgast ist in der Zeit nur noch anhänglicher geworden. Nein, streichen wir das ›anhänglich‹. Geradezu *abhängig.*

Ich bin gerade erst dabei, an der Oberfläche der Herkunftsgeschichte dieser Frau zu kratzen. Ein wenig düstere Scheiße davon, was bei ihr zu Hause abgegangen ist, als sie ein Kind war, hat sie mir schon erzählt, doch ich weiß, da ist noch mehr. Sie hatte es viel schlechter als ich. So verkorkst es sich mittlerweile für mich anhören mag, sie hatte nicht so viel Glück wie ich. Charlie ist an jedem Tag der Woche, der mit einem »G« endet – und auch mittwochs –, ein gehässiger, rachsüchtiger, bösartiger Mistkerl, trotzdem hat er mich gerettet. Ich wäre inzwischen buchstäblich tot, wenn er mich nicht meinem Onkel weggenommen hätte, als ich sechs Jahre alt war.

Wenn man sich als leicht zu beeindruckendes Kind wünscht, von einem psychotischen, Drogen vertickenden Engländer gerettet zu werden, dann weiß man, dass man echt üble Probleme hat. Allerdings weiß ich nicht, ob sich Lace dasselbe wünscht. Ich weiß nur, dass sie völlig durchdreht, wenn ich zu lange vom Lagerhaus wegbleibe. Könnte mein heutiges Ich die Zeit um, sagen wir, 15 Monate zurückdrehen und sich mit meinem Ich von damals unterhalten, ich glaube, mein Ich von damals würde mein Ich von heute glatt dafür abstechen, dass ich so verflucht weich geworden bin. Ich meine – Scheiße! Ich haste wegen einer Frau nach Hause. Und dabei ficke ich sie noch nicht mal.

Jedes Mal wenn ich anrufe, läutet und läutet ihr Telefon. Meine Handflächen werden davon schweißnass wie die eines Vergewaltigers, der in Chino weitergereicht wird. Ich hab mal in Chino eingesessen. Sagen wir einfach, ich habe aus nächster Nähe erlebt, was mit Kerlen passiert, die sich anderen aufdrängen. Frauen, Kindern, Tieren, spielt keine Rolle. Ein Vergewaltiger im Knast ist wie ein Kerl, der nur noch von geborgter Zeit lebt.

»Scheiße, Lacey, jetzt mach schon. Geh ans verdammte Telefon.« Sie geht nicht ans Telefon.

Auf dem Weg nach Hause übertrete ich jede Geschwindigkeitsbegrenzung und überfahre jede rote Ampel, trete das Gaspedal des Camaro bis zum Anschlag durch. Es regnet, als ich endlich ankomme. Das Lagerhaus gleicht einer zweigeschossigen Festung und zeichnet sich vor dem gewitterwolkigen Abendhimmel als abschreckender Umriss ab. Das riesige Stahltor mit der blasigen roten Lackierung ist noch versperrt und mit der Kette gesichert, wie ich es hinterlassen habe, aber Lace hat einen Schlüssel. Sie hätte hinausgekonnt, wenn sie gewollt hätte. Allerdings verrät mir die wummernde Musik von drinnen, dass sie nirgendwohin gegangen ist. Vielleicht hat sie das Telefon wegen der Musik nicht gehört.

Hoffnung. Hoffnung ist eine fiese kleine Schlampe.

Kaum habe ich einen Fuß durch die Tür gesetzt, weiß ich, dass ich Mist gebaut habe. Alles ist verwüstet. Kaputte Möbel liegen wie Kleinholz für ein Kaminfeuer über den Boden verstreut. Der Fernseher hat einen Sprung, funktioniert aber noch gut genug, um ein lautes Rauschen und ein verschwommenes Schneetreiben auf dem Bildschirm zu produzieren. Zerbrochene Bierflaschen übersäen alles, und absolut überall liegt Kleidung herum, sowohl meine als auch die von Lacey. *Scheiße.*

»Lacey! LACE, WAS ZUM TEUFEL SOLL DAS?«, brülle ich. Dann stürme ich aus dem Hauptwohnbereich in mein Schlafzimmer – manchmal, wenn sie richtig schwer zu kämpfen hat, versteckt sie sich in meinem Bett.

Ich liege dabei nie drin, aber sie behauptet, sie würde sich dadurch sicherer fühlen.

Nur ist sie diesmal nicht in meinem Bett. Auch nicht in ihrem. Bei mir ist längst voll die Panik ausgebrochen, als ich sie im Badezimmer finde.

Sie hat es verfickt noch mal schon wieder getan.

Diesmal ist ihre Haut fast schon blau. Ihr Körper treibt ausgestreckt im Wasser der Wanne, das einen satten, abstoßenden Rotton aufweist. Ich springe mit den Füßen voraus hinein und zerre ihren Körper mit mir hinaus. Sie wiegt so gut wie nichts, fühlt sich so leblos in meinen Armen an.

»Fick dich, Lacey. Fick dich, verdammte Scheiße noch mal.«

Ihre Handgelenke sind ein zerfleischtes Chaos. Ich wickle sie in ihre Decke, verfrachte sie auf den Beifahrersitz des Camaro und rase los. Ich fahre sie zum einzigen Ort auf dem Planeten, an den ich wirklich nicht will. Dem Ort, an den zu gehen ich mich geweigert habe, als ich selbst in Schwierigkeiten war – das St. Peter's Mission of Mercy Krankenhaus.

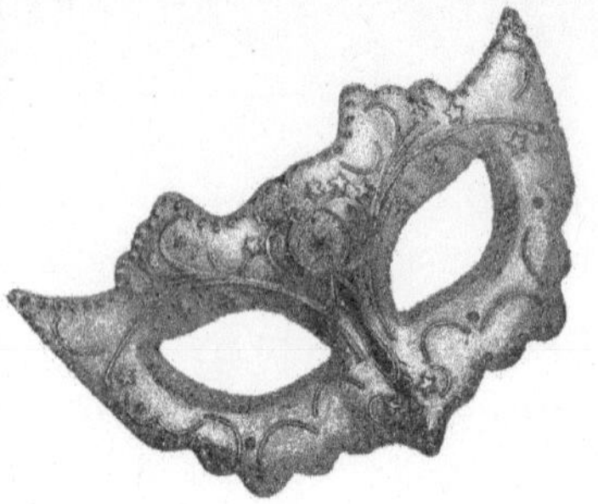

SECHS

SLOANE

Mantel? Abgehakt.

Handtasche? Abgehakt.

Autoschlüssel? Abgehakt.

20 Stunden nach Beginn der Höllenschicht sieht es endlich so aus, als würde sie enden. Ich komme mir immer wie eine Hochstaplerin vor, wenn ich wieder in meine Zivilkleidung schlüpfe. Als würde ich mich nur als funktionierendes Mitglied der Gesellschaft ausgeben, als jemand, der bei Gap einkauft und daran denkt, die Farbe der Jacke und der Handtasche aufeinander abzustimmen. Zu Hause trage ich meist meine Krankenhauskluft, aber die Leute neigen dazu, einen komisch anzusehen, wenn man seine Lebensmitteleinkäufe in der blauen Montur erledigt.

»Nacht, Sloane. Arbeitest du morgen?« Jerry, einer der Krankenpfleger, ist fast genauso viel hier wie ich. Er ist ein junger Bursche, vielleicht 22, und er hat eine wachsende Familie durchzufüttern. Arbeitet jede zusätzliche Stunde, die er kriegen kann.

»Klar, Jer. Treffen wir uns dann auf einen Kaffee?«

Er grinst. »Worauf du dich verlassen kannst. Den werd ich nach der heutigen Nacht dringend brauchen.«

Ich befinde mich in Sichtweite des Ausgangs, als ich nervös zu werden beginne. Das ist immer die Stelle, an der es passiert. Dieses gerade mal vier Meter breite Areal zwischen dem Empfang und dem Eingang ist wie eine Art magischer Hotspot. Neun von zehn Mal stürmt etwas oder jemand durch die Tür herein, während ich mich in dem Bereich aufhalte, und dann kann ich gleich wieder umdrehen.

Drei Meter.

Anderthalb Meter.

Ich halte den Atem an.

Ich bin an der Tür. Der Herbstwind von Seattle erfasst mich, peitscht mir die Haare hoch, als die Türen aufgleiten. Dahinter kommt ein klarer Nachthimmel zum Vorschein, eine an eine Prellung erinnernde Schattierung von Königsblau. Vor Erleichterung entfährt mir ein Seufzen. Ich hab's geschafft. Für ganze sieben Stunden bin ich frei und unbeschwert. Ich habe vor, jede einzelne dieser sieben Stunden im Bett zu verbringen, und es wird herrlich sein.

Ich sitze bereits im Auto und rolle los, als ein aufgemotzter Camaro mit kreischenden Reifen um die Ecke schießt und um ein Haar frontal mit mir kollidiert. Es gelingt uns beiden, rechtzeitig zu bremsen, allerdings denkbar knapp. Der Fahrer des Camaro drückt auf die Hupe, zerschmettert die Stille des nahezu leeren Parkplatzes.

Ich kann nicht erkennen, wer am Lenkrad sitzt, doch ich weiß, derjenige will, dass ich schleunigst aus dem Weg fahre. Es gibt nur einen Grund, warum ein Auto mit halsbrecherischer Geschwindigkeit auf den Parkplatz eines Krankenhauses rast, und das ist ein Notfall. Ich setze so heftig zurück, dass meine Reifen durchdrehen.

Wie eine Rakete schießt der Camaro auf die Schiebetüren des Eingangs zu, durch den ich eben erst herausgekommen bin, und über mir schwappt eine Welle des Bedauerns zusammen. Ich kann mich ebenso gut gleich von den sieben Stunden verabschieden – liegt an meiner masochistischen Ader.

Ich brauche 30 Sekunden, um einzuparken und wieder hineinzurennen. Eine Pflegerin ruft bereits über die Lautsprecheranlage Unterstützung, und ein Mann in Schwarz kauert über einem Kind auf dem Boden. Daneben liegt eine blutdurchtränkte Decke, und der Mann schlägt dem Kind, einem kleinen Mädchen, ins Gesicht. Schlitternd komme ich neben ihm zum Stehen, denke nicht nach. Ich packe seine Handgelenke und versetze ihm einen so heftigen Stoß, dass er zur Seite kippt und auf dem Hintern landet.

»Gehen Sie weg von ihr. Lassen Sie mich mal sehen.«

Ein kehliger, erstickter Laut dringt aus seiner Kehle, während ich die Kleine rasch untersuche. Sie ist nicht so jung, wie ich zuerst dachte, aber sie ist zierlich. Blut hat ihr hellblondes Haar rosa gefärbt. Die Innenseiten ihrer Handgelenke sind völlig zerfetzt, und ich brauche eine Sekunde, um mich zu sammeln. Sie hat es wirklich ernst gemeint, als sie sich das angetan hat.

»Wie viel Blut hat sie verloren?«

Ich überprüfe ihren Puls, beuge mich hinab und bringe das Ohr nah zu ihrem Mund. Atemgeräusche? Schwach, aber vorhanden. Puls genauso schwach, aber ebenfalls vorhanden.

Ich schaue auf, warte immer noch auf eine Antwort. Der Mann, der die junge Frau hergebracht hat, starrt mich mit offenem Mund und auf die Knie gestützten Ellbogen an. Seine Augen sind riesig und unheimlich dunkel, beinah schwarz. Sieht so aus, als hätte er einen Schock.

»Hören Sie, ich muss wirklich wissen, wie viel Blut sie verloren hat«, sage ich mit Nachdruck zu ihm.

»Ich … ich weiß nicht. Sie war im Bad.« Er flüstert die Worte so leise, dass ich ihn kaum hören kann. Die Vorderseite seines T-Shirts klebt an seiner Brust – offensichtlich hat er sie in der Wanne gefunden, ist hineingestiegen und hat sie herausgeholt.

Suresh Patel, einer der Bereitschaftsärzte, trifft wenige Sekunden später ein, und wir hieven die junge Frau auf eine Transportliege. Ihre Körpertemperatur ist niedrig, ihre Vitalwerte sind instabil. Ihr Leben hängt an einem seidenen Faden.

Ich werde zurück ins Krankenhaus gesogen, als ich an der zierlichen Frau arbeite. Stunden vergehen. Wir ersetzen literweise Blut und wickeln die Frau in vier Decken, bis sich ihr Zustand endlich ausreichend stabilisiert, dass wir eine Operation zur Beseitigung des Chaos wagen können, das sie an ihren Handgelenken angerichtet hat.

Es ist fünf Uhr morgens, als ich mich auf die Suche nach dem Mann mache, der sie hergebracht hat. Ich finde ihn in einem Korridor sitzend, die Ellbogen auf den Knien, den Kopf in den Händen. Er schaut auf und erblickt mich, dann tut er etwas verflucht Merkwürdiges: Er steht auf und geht davon. Ziemlich schnell.

»Entschuldigung. *He!*« Er bleibt stehen, dreht sich aber nicht sofort um. Stattdessen wartet er, als müsste er sich erst dazu überwinden. »Ich brauche von Ihnen ein paar Angaben über Ihre Lebensgefährtin. Sie können nicht einfach verschwinden und sie hier allein aufwachen lassen.«

Schließlich dreht er sich um. Seine Kieferpartie ist so angespannt, dass man die Adern an seinen Schläfen mit seinem Herzschlag pulsieren sehen kann. Er starrt mich nur an. Sein T-Shirt ist mittlerweile getrocknet, doch es klebt immer noch an ihm, und das auf ziemlich ablenkende Weise. Ein Ärmel ist hochgerollt und offenbart einen starken, tätowierten Bizeps. Schwarze, blaue und rote Tinte kräuselt sich in Wellen seine Arme hinab. Sein beinah schwarzes, noch feuchtes Haar steht zerzaust in alle Richtungen ab, ein aufreizender Anblick. Gedanklich trete ich mir in den Hintern, als mir klar wird, dass ich ihn lüstern anstiere.

Du bist wütend auf ihn, Sloane, schon vergessen? Er wollte gerade gehen. *Einfach zur Tür hinaus verschwinden.*

»Könnten Sie uns wohl wenigstens ein wenig an Vorgeschichte liefern, bevor Sie in den Sonnenuntergang verschwinden? Oder inzwischen eher in den Sonnenaufgang«, sage ich.

Blinzelnd sieht er mich an, dann verschränkt er die Arme vor der Brust. Er öffnet den Mund, um etwas zu sagen, bremst sich jedoch. Schaut finster drein. Dreht sich der Tür zu, und es sieht so aus, als überlegt er, dennoch davonzurennen. Mistkerl.

»Wenn ich's mir genauer überlege: Falls Sie der Grund waren, dann sollten Sie vielleicht *wirklich* gehen«, füge ich hinzu. Zwar weist der Körper der jungen Frau keine Blutergüsse oder blauen Flecke auf, doch ich habe genug Fälle von häuslicher Gewalt erlebt, um zu wissen, dass sie nicht immer körperlich erfolgt. Ein gebrochener Geist kann genauso verheerend wie gebrochene Knochen sein. Dieser Mann könnte seiner Freundin das Leben dermaßen zur Hölle gemacht haben, dass sie es einfach beenden wollte. Und die Narben an ihren Armen verraten, dass sie es nicht zum ersten Mal versucht hat.

Der große, dunkle, attraktive Kerl funkelt mich mit einer derart reinen Wut an, dass ich meinen Vorschlag unwillkürlich überdenke. Er dreht sich mir vollständig zu, als hätte er entschieden zu bleiben, und ergreift letztlich das Wort. Es hört sich wie ein *Knurren* an.

»Ich bin nicht ihr Lebensgefährte. Und ich lasse sie nicht zurück.«

Plötzlich verkrampft sich mein Magen. Diese …

Diese *Stimme*.

Heilige … Ich hebe die Fingerspitzen an die Lippen, während ich jeden einzelnen Quadratzentimeter von ihm eingehend studiere. »Kenne ich Sie?«, flüstere ich.

Ein grausames Lächeln spielt um seine Mundwinkel. »Nein.«

Erleichterung durchströmt mich, doch mein Körper weigert sich, das Gefühl zu akzeptieren. »Ich könnte schwören, dass ich Ihre Stimme schon mal gehört habe.«

»Ich bin hier geboren. Wir klingen doch alle gleich, Süße.« Er leugnet es weiter, trotzdem krampft sich mein Magen bei jedem Wort ein bisschen mehr zusammen.

Ich höre diese Stimme in meinen Träumen, würde sie überall wiedererkennen. Ich irre mich nicht. Ich liege so was von richtig. Das … das ist *er*. Der Mann, der diese zierliche, kaputte junge Frau hergebracht hat, ist derselbe Kerl, der mich vor zwei Jahren gefesselt und um den Verstand gevögelt hat. Der Mann, der mir die Jungfräulichkeit genommen hat. Sein düsterer Blick ist mit solcher Intensität auf mich geheftet, dass ich weiß, er wartet nur darauf, dass ich ihn erkenne.

»Ich … ich muss wissen, wer Ihre Freundin ist«, stammle ich, und er lächelt. Es fühlt sich atemberaubend wild und tückisch an, diesen Mann lächeln zu sehen. Der

Ausdruck wirkt so scharf, so schneidend, dass man jemanden damit bei lebendigem Leib häuten könnte.

»Carrie. Ihr Name ist Carrie.«

»Versicherung?«

Er schüttelt den Kopf. Sein Blick löst sich nicht von mir. »Ich bezahle.«

»Sie müssen zum Empfang gehen. Dort Ihre Kreditkartendaten hinterlegen. Und Ihren Namen.«

Der Mann grinst, blickt auf seine Schuhe hinab, bevor er den Kopf so hebt, dass er mich unter den dunklen Augenbrauen hervor ansieht. »Ich habe Bargeld. Und meinen Namen musst du nicht wissen. Ist besser, wenn du ihn nicht kennst. Besser, wenn du vergisst, dass ich je hier gewesen bin.«

Die Arme immer noch vor der Brust verschränkt, setzt er sich rückwärts in Bewegung, und ich handle, ohne nachzudenken. Ein Teil von mir überlegt bereits, wo das nächste Telefon ist, damit ich die Polizei anrufen kann, doch der Rest von mir folgt ihm den Korridor hinunter. Verdammter, dämlicher Körper.

»Warten Sie! Ich … *Zwingen Sie mich nicht dazu!*«

»Wozu?«

»Ich weiß es nicht! Ich … *Das waren Sie.* Geben Sie's zu. Geben Sie zu, dass Sie es waren.«

»Ich habe Carrie nicht wehgetan.« Sein Grinsen verpufft, wird von einem kalten, berechnenden Blick abgelöst.

»Das hab ich nicht gemeint, und das wissen Sie genau.«

Er verzieht den Mund, und damit lösen sich jegliche Zweifel, die ich vielleicht noch hatte, restlos in Luft auf. Diese Lippen – ich mag sie in der Dunkelheit nicht gesehen haben, aber ich habe sie verdammt deutlich gespürt. Er *ist* der Mann. Jetzt erkennt er es. Weiß mit Sicherheit, dass ich es weiß. »Vielleicht weiß ich tatsächlich, was du meinst. Das ändert nichts daran, dass du vergessen solltest, dass ich je hier war. Wäre für alle Beteiligten das Beste. Du willst mich nicht kennen, Süße.«

Seine Arroganz ist beispiellos. Ich gehe vier schnelle Schritte auf ihn zu und ramme ihm den Zeigefinger in die Brust. *»Du!«*

Aus dieser Nähe ist er so groß, dass ich es als furchterregend empfinde. »Ich«, bestätigt er.

Ich stelle ihm die Frage, die mir seit zwei Jahren nicht mehr aus dem Kopf geht. »Hast du etwas mit Elis Tod zu tun gehabt?«

Er schaut weg. Ein deutlicheres wortloses *Ja* habe ich noch nie gesehen. »Sagen wir einfach, Eli und ich hatten eine Meinungsverschiedenheit.«

»Fuck! Ich wusste es. Hast du die Unterlagen über Lex mitgenommen?«

Er ist wie Dr. Jekyll und Mister Hyde. In der einen Minute steht er da und sieht mich an, als wäre ich ein Dschinn, der sich jederzeit in Rauch auflösen könnte. In der nächsten besteht er nur noch aus reiner, intensiver Wut. Er packt mich am Handgelenk, bewegt sich blitzschnell und drängt mich grob an die Wand zurück. Um diese Zeit morgens ist der Korridor menschenleer. Ich bin völlig auf mich allein gestellt und verwundbar. Seine Hand legt sich um meine Kehle, gerade fest genug, um mir eine Scheißangst einzujagen. »Gefällt dir das Gefühl, Sloane?«

Als ich meinen Namen aus seinem Mund höre, treten mir Tränen in die Augen. Er hat von Anfang an gewusst, wer ich bin. Ich schüttle den Kopf. »Nein«, presse ich japsend hervor.

»Dann musst du dich um Carrie kümmern und dafür sorgen, dass sie gesund wird. Ich komme sie in zwei Tagen holen. Lass nicht die gottverdammten Seelenklempner in ihre Nähe. Lass nicht zu, dass sie Carrie zwangstherapieren, sonst werd ich mächtig sauer.«

Sein Körper presst sich gegen meinen – er gleicht einer Wand aus Muskelmasse und Testosteron, die mich in Besitz zu nehmen versucht. Ich bin zu verängstigt für etwas anderes als ein Nicken. Dann verändert sich etwas. Vielleicht bilde ich es mir ein, aber ich glaube zu sehen, wie sein Blick sanfter wird. »Erinnerst du dich?«, flüstert er.

Ich nicke.

»Und wenn du die Augen schließt?«

Ich weiß, was er wissen will. Wieder nicke ich. »Ja.«

»Dann tu es. Schließ die Augen.« Seine Hand verstärkt den Druck eine Spur, lässt mich nach Luft schnappen. Ich werfe einen langen, eindringlichen Blick in die bodenlosen Tiefen seiner Augen. Dann füge ich mich wie letztes Mal und tue, was von mir verlangt wird. Ich schließe die Lider.

Seine Lippen streifen zart die meinen, und mein Verstand setzt aus. Seine Atmung geht schnell, bläst abgehackt und heiß an meinen Mund. Was eine überaus verheerende Wirkung auf mich hat. Innerlich zerreißt es mich fast vor Unschlüssigkeit. Soll ich den Kuss erwidern? Soll ich ihm das Knie in die Eier rammen? Die Überlegungen werden hinfällig, als seine Zunge hervorschnellt und auf meine offenen Lippen trifft. Langsam leckt er über meinen Mund, so zärtlich, so liebevoll, als würde er mich kosten. Meine Reaktion ist impulsiv. Ich öffne den Mund weiter, heiße ihn willkommen. Allerdings nimmt er das Angebot nicht an.

»Zwei Tage, Sloane. Zwei Tage, dann bin ich wieder hier«, flüstert er.

Als Nächstes bekomme ich mit, wie ich zu Boden sinke. Als ich die Augen wieder öffne, sehe ich nur noch, wie seine schwarzen Stiefel davonstapfen.

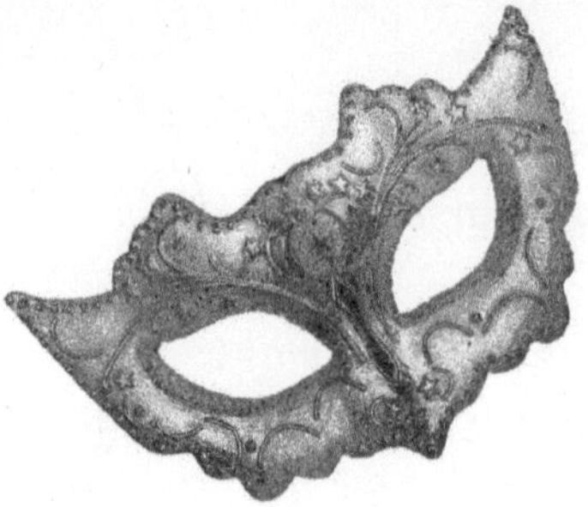

SIEBEN

SLOANE

Der Kaffee bei Fresco's ist heute besonders miserabel, aber das ist keine große Überraschung. Alles hier schmeckt grausam. Der Bagel, den ich als Frühstück hinunterzuwürgen versucht habe, könnte ebenso gut aus Sägemehl bestehen. Im Großraum Seattle gibt es zig andere Cafés, vor allem mit einem *genießbareren* Angebot an Speisen und Getränken – aber das Fresco's ist für Pip und mich eine Tradition.

Wir treffen uns hier schon, seit wir bettelarme, am Hungertuch nagende Studentinnen waren und der Filterkaffee hier alles war, was wir uns leisten konnten. Ich beobachte, wie meine beste Freundin eintrifft. Sie sieht makellos wie immer aus. Die Haare trägt sie zu einem klassischen Nackenknoten zurückgebunden, ihr Hosenanzug weist perfekte Falten an genau den richtigen Stellen auf. Im Vergleich dazu sehe ich in meiner umgeschlagenen Jeans und meinem langärmligen T-Shirt wie eine Obdachlose aus.

Pippa schwebt förmlich durch das Café und grinst Marcus an, den Barista, der ihren üblichen doppelten Espresso exakt 60 Sekunden, nachdem sie Platz genommen hat, am Tisch servieren wird. Sie stellt ihre Louis-Vuitton-Tasche auf der Bank neben mir ab und lässt sich auf einen Stuhl plumpsen.

»Morgen, Fremde.« Es ist eine Woche her, seit ich sie zuletzt gesehen habe – für uns ist das eine Ewigkeit. Sie macht es sich gemütlich und zwinkert mir zu. »Was ist denn so dringend, dass es nicht warten konnte, bis ich mit meinem zwölften leicht gestörten Patienten heute fertig gewesen wäre?«

Pippa hat sich für Psychologie statt für Medizin entschieden. Wir haben den Abschluss zur selben Zeit gemacht. Sie hat seit 14 Monaten die Zulassung von der Psychotherapeutenkammer. Meine Freundin arbeitet in einer Praxis in der Innenstadt mit Patienten, die in der einen oder anderen Form zu einer Zwangstherapie verdonnert wurden. Eine Menge gewalttätiger Straftäter gibt sich bei ihr die Klinke in die Hand. Sie hätte sich ohne Weiteres dafür entscheiden können, mit deprimierten Hausmütterchen zu arbeiten, die sie mit Prozac glücklich machen könnte. Aber sie wollte mehr. Ihr zufolge fühlt es sich besser an, Menschen zu helfen, die es *wirklich* brauchen.

Ich starre in meine leere Kaffeetasse. Plötzlich kommen mir Zweifel, ob ich ihr von irgendetwas erzählen soll, das gestern passiert ist. Aber … ich denke, das muss ich. Sie ist nicht nur meine beste Freundin, sie hatte auch schon immer die Gabe, Dinge aus einer unvoreingenommenen Perspektive zu betrachten. Genau das brauche ich im Augenblick.

»Wenn ich dir sage, dass ich eine Patientin mit einem Problem habe, über das sie sprechen muss, würdest du auf Anhieb wissen, dass es um mich geht, oder?«

»Aber so was von.«

»Gut, in Ordnung, dann erspar ich mir den Quatsch.«

Marcus stellt ihren Kaffee vor ihr ab. Pippa nippt daran und sieht mich mit hochgezogener Augenbraue an. »Würde Zeit sparen, ja.«

»Na schön, also …« Ich muss es einfach nur ausspucken. »Ich hatte Sex mit einem Kerl.«

Sie spuckt den Espresso zurück in die winzige Tasse. »*Was? Mit wem? Wann?*«

Mir zieht sich alles zusammen. Das wird wirklich übel. Pip denkt schon lange, ich wäre die letzte Jungfrau weit und breit. »Nicht erst neulich. Es war … es war vor zwei Jahren.«

Ihre Schultern versteifen sich. Der ungläubige Blick, den sie gerade noch im Gesicht hatte, verhärtet sich zu etwas Kälterem. Sie ist angepisst. Ich wusste, dass es so kommen würde. Pip stellt den Kaffee ab, starrt auf die Tischplatte. »Warum hast du mir nichts davon erzählt?«

»Es war … war nichts, worüber man zwanglos bei einem Becher Eiscreme plaudert, Pip. Und ich war auch nicht besonders stolz darauf.«

»Was soll das heißen? Mein Gott, du bist doch nicht etwa vergewaltigt worden, oder?«

»Nein, nein, natürlich nicht. Aber …«

Das ist die Stelle, an der ich ihr entweder die ganze Wahrheit sage oder mich für eine weichgespülte Version entscheide. Am Ende erweise ich mich als totaler Feigling. Sie würde wegen dem, was ich getan habe, nicht schlechter von mir denken, trotzdem kann ich die Schande nicht ertragen, es zuzugeben. Immerhin habe ich meine Jungfräulichkeit für Informationen verkauft. Informationen, die ich nicht mal bekommen habe. Was bedeutet, ich habe sie für lau hergegeben.

»Ich hab den Kerl nicht gekannt. Wusste nicht mal seinen Namen. Ich … war betrunken, und wir haben's im Dunkeln getan. Bis gestern hätte ich dir nicht mal sagen können, wie er aussieht.«

Pip schließt die Augen und presst die Fingerspitzen an die Stirn.

Bitte halt mich nicht für eine Schlampe. Bitte *halt mich nicht für eine Schlampe.*

»Sloane, Herrgott …« Sie stöhnt.

»Ich weiß, *ich weiß*.«

»Und ich weiß gar nicht, wo ich anfangen soll.«

»Wie wär's, wenn du den verurteilenden Teil überspringst?«

»Ach, Liebes. Ich würde dich niemals verurteilen. Es ist nur … Ich wollte etwas Besonderes für dich. Du weißt schon, Romantik, rote Rosen, Champagner, ein Feuerwerk …«

Ich hätte wissen sollen, dass sie mich nie und nimmer verurteilen würde. Ich ziehe eine Schnute und schiebe die Krümel meines Bagels auf dem Teller vor mir herum. »Oh, ein Feuerwerk hat's gegeben. Nichts von den anderen Dingen, aber definitiv ein Feuerwerk.«

Sie seufzt, fasst über den Tisch und schiebt den Teller beiseite, damit sie meine Hände ergreifen kann. »Also spukt dir das schon volle zwei Jahre im Kopf herum. Und warum genau hast du mir nichts davon erzählt?«

»Weil es nicht gerade *normaler* Sex war, wenn du verstehst, was ich meine.«

Pippa sieht nicht so aus, als würde sie verstehen, was ich meine. Dann jedoch dämmert Begreifen in ihren Gesichtszügen. »Also … hast du dich von irgendeinem Kerl vögeln lassen, der auf perversen Kram steht?«

»So ungefähr.«

»Und warte mal – du hast gesagt, *bis gestern* hast du nicht mal gewusst, wie er aussieht. Was ist gestern passiert?«

»Er ist ins Krankenhaus gekommen. Eine Freundin von ihm hat versucht, sich umzubringen.«

Pippa atmet aus. »Dafür brauch ich noch einen Kaffee.« Sie geht an die Theke und bestellt je einen weiteren Kaffee für mich und für sich. Als sie zurückkommt, hat sie zusätzliche Fragen auf Lager. »Irgendwie kapier ich das nicht. Woher hast du gewusst, dass er es war?«

»Seine Stimme ist ziemlich unverwechselbar. Ich hab ihn praktisch unverhohlen gefragt, ob er der Mann damals war. Und na ja, er hat es nicht abgestritten.«

»Okay, abgesehen von der offensichtlichen Unterhaltung, die wir *nicht* darüber führen sollten, dass du klügere Entscheidungen treffen musst: Warum bist du wegen des Kerls so nervös? Du hast von ihm keinen Piep gehört, seit es passiert ist?«

»Nein.«

»Warum also?«

»Na ja … Er hat mich irgendwie geküsst.«

»*Ah.*«

»Und irgendwie hat er dabei …« Ich hole tief Luft. Was soll's? Alles oder nichts. »Er hat mich dabei an die Wand gedrückt … mit der Hand um meine Kehle.«

Pippas Augen bilden den vielleicht ausdrucksstärksten Teil ihres Körpers – plötzlich schwellen sie auf die doppelte Größe an.

»Er hat dich angegriffen?«

»Es war eher eine Drohung.«

»Wieso um alles in der Welt hat er das getan?«

»Er will nicht, dass seine Freundin zwangstherapiert wird. Wahrscheinlich hat er gedacht, ich könnte ein paar Fäden ziehen und den ganzen Zwischenfall unter den Teppich kehren.«

Pippa schnaubt. »Tja, viel Glück damit. Wenn sich jemand umzubringen versucht, landet er automatisch im besten Fall auf der Couch eines Profis. Aber wie auch immer, hat er dich *gewaltsam* geküsst?«

»Nein. Irgendwie hab ich es … zugelassen.«

»Scheiße, Sloane. Ich weiß nicht, mir scheint das fast Grund genug, die Polizei einzuschalten. Warum hast du ihn das tun lassen? Ist er gestört? Bist *du* gestört?«

Ich lache verbittert. »Das ist in beiden Fällen durchaus eine Möglichkeit.«

Stirnrunzelnd verschränkt sie die Finger ineinander. Sie sollte nicht die Stirn runzeln. Damit verrät sie zu viel. »Du weißt bereits, was ich sagen will, nicht wahr?«

»Ja. Weiß ich.« Unwillkürlich seufze ich. Das Gewicht der Sache lastet wie eine unmögliche Bürde auf meinen Schultern. Es fühlt sich gut an, einen kleinen Brocken davon mit jemand anderem geteilt zu haben, und ich bin noch nicht fertig. »Da ist noch etwas, Pip. Er könnte etwas über Alexis wissen.«

Die Information lässt sie auf ihrem Stuhl sichtlich erstarren.

Ich rede nicht oft über Lex. Ich erwähne selten auch nur den Namen meiner Schwester, daher ist es eine echt große Sache, dass ich es jetzt getan habe.

»Woher?«, fragt sie schließlich mit ruhiger Stimme. »Hatte dieser Typ irgendwas mit ihrem Verschwinden zu tun? O mein Gott.«

»Nein. Zumindest glaube ich das nicht. Ich … ich kann's im Moment nicht richtig erklären.«

Das gefällt ihr kein Stück. Schnaubend bläst sie einen langen Atemzug aus und starrt mich an, als hätte ich den Verstand verloren.

»Ich hab ein schlechtes Gefühl bei der Sache, Sloane. Abgesehen davon, dass du immer noch nichts über den Kerl weißt …« Abrupt verstummt sie, als wäre ihr gerade ein Gedanke gekommen. »Kennst du inzwischen überhaupt seinen Namen?«

Ich schüttle verneinend den Kopf. Sie schaut entsetzt drein.

»Na schön. Also, offensichtlich hat er der Polizei keine Informationen über Lex' Entführung geliefert, und du willst mir nicht sagen, warum du glaubst, er könnte etwas darüber wissen. Das führt mich zu der Überzeugung, dass er höchstwahrscheinlich in üblem Mist steckt. Und zweifellos bis zum Hals. Und dann versucht er noch, dich zu erwürgen …«

»Ich weiß«, murmle ich elend. So wie sie es ausdrückt, klingt es ja wirklich ziemlich vertrackt.

»Ich weiß, dass du sie immer noch finden willst, aber dieser Typ hört sich gefährlich an. Klingt für mich, als würde er dich eher *abstechen,* als dir zu helfen, Lex aufzuspüren. Ich will, dass du dich von ihm fernhältst, in Ordnung? Du solltest unter keinen Umständen irgendetwas mit ihm zu tun haben. Bitte, Sloane. Tu's für mich.«

Ich verstecke das Gesicht hinter meiner Kaffeetasse. Mir war schon vorher klar, dass es in diese Richtung gehen würde. Ich hab genau gewusst, was Pippa sagen würde, und offen gestanden bin ich ein wenig erleichtert. Es ist, als hätte ich mir die Erlaubnis geholt, ihn wie die Pest zu meiden, obwohl er eine Ahnung haben könnte, wo meine Schwester steckt. Ich sollte einfach der Polizei melden, dass er gestern praktisch gestanden hat, Eli etwas angetan zu haben. Dann können sie ihn nach Herzenslust verhören. Und ich kann mich aus der Sache raushalten.

»Ja, in Ordnung, hast ja recht. Ich halte mich von ihm fern«, verspreche ich. Aber aus irgendeinem Grund verheimliche ich Pippa, dass er morgen wieder im Krankenhaus aufkreuzen wird. Ich erzähle ihr nicht, dass er angekündigt hat, nach mir zu suchen.

Das beunruhigende Empfinden, das sich in mir festgesetzt hat, ist eine Mischung aus Schuldgefühlen und gespannter Erwartung. Ich halte sonst nichts von Lügen oder Heimlichtuerei. Daher ist es umso besorgniserregender, dass die einzigen Dinge, die ich meiner besten Freundin vorenthalte, mit diesem Kerl zu tun haben. Unwillkürlich frage ich mich, ob ich nicht förmlich um Ärger bettle, indem ich Geheimnisse bewahre. Es scheint eine sinnlose Überlegung zu sein. Denn ich spüre, wenn *er* die Finger im Spiel hat, findet mich der Ärger so oder so.

Der Morgen zieht sich schier unerträglich, während ich versuche, meine Visite zu strecken, solange ich kann. Ich bemühe mich bestmöglich, den Bedürfnissen meiner anderen Patienten mehr Zeit zu widmen, als sie eigentlich in Anspruch nehmen. Schließlich jedoch kann ich es nicht länger aufschieben. Ich habe alles erledigt, was erledigt werden muss, und da Dr. Patel heute seinen freien Tag hat, fällt die junge Frau in meine Verantwortung.

Carrie schläft, als ich ihr Zimmer betrete, und sie ist nicht allein. Kim Perez ist von der psychiatrischen Abteilung, eine unheimlich liebenswerte Frau. Sie ist mütterlich und warmherzig und wird immer als Erste hergeschickt, wenn ein Kind beurteilt werden muss. Carrie ist zwar kein Kind, aber offensichtlich dachte man, sie könnte positiv auf eine mütterlich wirkende Erscheinung ansprechen.

»Hallo, Sloane«, flüstert Kim und steckt Carries Krankenblatt zurück in den Einschub am Fußende des Bettes. »Hab gehört, du hast ein Wunder bei der Patientin hier vollbracht.«

»Den Großteil der Arbeit hat Suresh gemacht.« Ich lächle mit derselben Herzlichkeit, die sie mir entgegenbringt.

»Armes Mädchen.« Sie dreht sich Carrie zu und betrachtet sie. Das Mädchen sieht definitiv schwer mitgenommen aus. Sie hat dunkle Ringe unter den Augen, ihre Haut ist immer noch totenblass. »Ich warte darauf, dass sie sich entscheidet aufzuwachen. Irgendeine Ahnung, auf welche Dauer ich mich einstellen muss?«

»Sie ist nicht mehr sediert. Könnten wenige Stunden sein, könnte auch ein Tag oder mehr sein. Sie war in ziemlich übler Verfassung.«

Kim schlingt die Arme um den Körper, brummt und mustert die junge Frau im Bett mit gerunzelter Stirn. Sie nimmt sich solche Dinge immer zu Herzen, auch wenn sie den Patienten vorher noch nie begegnet ist. »Es heißt immer, Selbstmord sei ein Ausweg für Feiglinge, aber das könnte falscher gar nicht sein. Für das, was sie getan hat, sind Nerven aus Stahl nötig. Ist gut, dass sie jetzt hier ist. So kriegt sie die Ruhe, die sie braucht, und kann hoffentlich eine andere Perspektive auf die Dinge entwickeln. Immerhin umsorgt sie hier ein ganzes Team von Leuten, die nur darauf warten, ihr zu helfen.«

Dunkelbraune Augen blitzen in meinem Kopf auf. Ich schlucke schwer, obwohl ich nichts im Hals habe, das meine Atemwege blockiert. *Lass nicht zu, dass sie Carrie zwangstherapieren, sonst werd ich mächtig sauer.*

»Sie hat Glück, dass sie im St. Peter's gelandet ist«, flüstere ich. »In besseren Händen könnte sie gar nicht sein.«

Mein Verstand entführt mich an dunkle Orte, wenn ich mir Sorgen mache. Vielleicht ist Alexis noch am Leben – vielleicht leidet sie genau wie Carrie. Wer weiß, was sie durchgemacht hat – *falls* sie noch am Leben ist. Ich will gar nicht darüber nachdenken. Vielleicht ... vielleicht liegt sie sogar selbst gerade irgendwo in einem Bett und erholt sich von einem Versuch, sich das Leben zu nehmen. Nur würde man sie nicht in ein Krankenhaus gebracht haben. Zu viele Gelegenheiten, um Hilfe zu bitten. Zu viele Ausgänge, durch die sie fliehen könnte.

Lex würde keine Frau wie Kim haben, die ihr Beistand leistet. Der Gedanke löst eine niederschmetternde Traurigkeit in mir aus. Dieser Kerl, wer immer er sein mag, ist verrückt, wenn er denkt, ich würde ihm Carrie überlassen. Vollkommen verrückt und durchgeknallt.

»Du, Kim, ich hab echt keine Ahnung, wann die Wirkung der Sedativa nachlässt. Aber ich bin vorläufig mit meiner Arbeit fertig. Sofern kein Notfall reinkommt, hätte ich ein wenig Zeit, mich zu ihr zu setzen. Warum gehst du nicht zurück nach oben, und ich hole dich, wenn sie aufwacht?«

Kim lächelt mich an, als wäre ich der rücksichtsvollste Mensch der Welt. »Danke, Chiquita. Ich hab einen Berg Papierkram, der nicht kleiner wird, wenn ich mich nicht am Schreibtisch festkette. Hast du meine Pager-Nummer?«

Ich versichere ihr, dass ich sie habe, und sie geht, drückt im Vorbeigehen leicht meinen Arm.

Ich weiß, dass die junge Frau bereits wach ist. Im Augenblick stellt sie sich bloß schlafend, wägt ihre Umgebung ab, um zu entscheiden, ob es ungefährlich ist, das Bewusstsein wiederzuerlangen. Im Gegensatz zu mir hat Kim nicht täglich mit Patienten zu tun, die aus einer Narkose aufwachen. Carries Atmung ist flach, leise und kontrolliert, nicht tief und gleichmäßig, wie sie sein sollte, wenn sie weggetreten wäre. Ich schiebe den Polstersessel von unter dem Fenster neben ihr Bett und lasse mich darauf nieder. Dann beobachte ich Carrie und überlege, wie ich am besten vorgehen soll.

»Also … ich hab mich heute Morgen mit meiner besten Freundin zum Kaffee getroffen«, erzähle ich ihr. »Sie ist manchmal ein bisschen etepetete, aber sie ist immer für mich da. Wenn es sein muss, kann ich mich immer auf sie verlassen. Heute Morgen hab ich ihr ein dunkles Geheimnis über mich anvertraut. Ich hatte mich schon lange mit dem Gedanken getragen, dieses Gespräch mit ihr zu führen, aber weißt du, ich hab immer auf den richtigen Zeitpunkt gewartet. Und ich bin gut darin, Ausreden zu erfinden. So ist es mir gelungen, es bis jetzt vor mir herzuschieben.

Wie mit allem anderen hab ich auch damit bis zur letzten Minute gewartet. Bis etwas passiert ist und ich das Gefühl hatte, keine andere Wahl mehr zu haben. Sie hat mir einen vernünftigen Rat gegeben, der völlig logisch ist. Und auf dem Weg zur Arbeit hab ich mich immer wieder gefragt: Wieso zum Teufel konntest du diese Entscheidung nicht selbst treffen?« Ich lehne mich auf dem Stuhl zurück und beobachte, wie Carries Augenlider zucken. Sie hört mir zu.

»Liegt wohl daran, dass wir so tief in unseren Problemen drinstecken, dass wir oft keinen Ausweg aus dem Labyrinth sehen, in dem wir uns verirrt haben. Oder wir schließen die Augen und laufen blind herum, weil wir uns davor fürchten, den Schlamassel anzuerkennen. Die

Dunkelheit, die wir selbst erschaffen, ist besser als die Dunkelheit, die uns mit offenen Augen erwartet, weil wir sie so wenigstens kontrollieren können.«

Sie reagiert nicht. Ich bin keine Psychiaterin. Ich bin nicht qualifiziert für den Versuch, die Knitter aus dem Leben dieser jungen Frau zu bügeln. Aber ich bin neugierig – neugierig, warum *ihm* so viel an ihr liegt, wer sie für ihn ist. Wie es dazu kam, dass er derjenige war, der ihren fast schon leblosen Körper in meine Notaufnahme getragen hat.

»Weißt du, falls du Angst hast … falls du glaubst, es gibt aus deiner Lage kein Entrinnen, dann lass mich dir sagen … Es gibt immer ein Entrinnen. Einen Ausweg. Falls du einen Platz brauchst, wo du hinkannst, falls du jemanden zum Reden brauchst, musst du es mir nur sagen. Ich kann das alles arrangieren.«

Wieder zucken Carries Lider, und diesmal öffnen sie sich. Die Augen der jungen Frau sind hellblau, die Farbe von verdichtetem Eis. Wie ein Eisberg. Sie sind mit Tränen gefüllt. Die meisten Menschen hätten den Kopf gedreht und mich angesehen, sie jedoch nicht. Sie starrt stattdessen zur Decke hoch. Ihre Brust hebt und senkt sich heftig, während sie mit ihren Emotionen ringt.

»Ich brauch Ihre Hilfe nicht. Ich brauch keinen Platz, wo ich hinkann.« Tränen lösen sich von ihren Augenwinkeln, rasen über ihre Schläfe um die Wette und laufen ihr in die Ohren. »Ich brauch nur Zeth.«

»Ich kann keinen Tag mehr warten. Er würde mich nicht hierlassen, wenn er wüsste, dass ich wach bin.« Carrie ringt um Fassung. Sie erscheint mir so angespannt, dass ich in Erwägung ziehe, ihr ein weiteres Sedativum zu verabreichen, um sie zu beruhigen.

»Dann gib mir seine Nummer. Ich sage ihm Bescheid«, schlage ich vor.

Zeth. Sein Name ist Zeth. Es fühlt sich seltsam an, dem Gesicht einen Namen zuordnen zu können. Andererseits konnte ich auch erst gestern der Stimme ein Gesicht zuordnen, also ist wohl die ganze Sache total schräg.

Carrie wirft mir einen Blick zu – *netter Versuch, Miststück.* »Wie wär's, wenn Sie mich aus dem Zimmer und zu einem Münztelefon schieben, damit ich ihn selbst anrufen kann?«

»Dazu bist du noch nicht fähig, Carrie. Du bist zu schwach.«

Sie schaut verwirrt drein. »Carrie?«

»Ja. Zeth hat gesagt, dein Name ist ...« Mitten im Satz verstumme ich, als mir klar wird, wie dämlich ich gewesen bin. Natürlich hat er mir nicht ihren richtigen Namen genannt. Warum sollte er auch? Er hat in bar für ihre Behandlung bezahlt – 17.000 Dollar – und die Unterlagen als K. Vonnegut unterschrieben, um Himmels willen. »Wie ist dein richtiger Name?« Ich seufze.

»Wenn Zeth gesagt hat, er ist Carrie, dann *ist* er Carrie.« Sie verschränkt die Arme vor der Brust und starrt mürrisch auf ihre verbundenen Handgelenke.

»Auch gut, Carrie. Wenn du ihn mir nicht verraten willst, ist das völlig in Ordnung. Aber dieses Zimmer verlässt du nicht. Und dir werden eine Menge Fragen gestellt werden, wenn Dr. Perez später runterkommt.«

»Ist sie die Seelenklempnerin?«

»Ja. Sie wird wissen wollen, warum du dir das angetan hast.«

»Wer sagt denn, dass ich es mir selbst angetan habe?« Sie schmollt wie ein trotziges Kind, aber mein Herz schlägt schneller in der Brust.

»Also hat … hat Zeth es getan?«

»*Nein*. Natürlich nicht.«

Die Kleine spielt mit mir. Ich bin nicht geneigt, mich heute mit ihr auseinanderzusetzen, auch wenn ich Zeit dafür habe. Lieber helfe ich dem Pflegepersonal beim Wechseln der Bettpfannen, als mir dieses Theater anzutun. »Schon gut, wie auch immer. Du kannst es Dr. Perez erzählen, wenn sie runterkommt.«

Carrie hört auf, finster dreinzuschauen, und setzt sich jäh aufrecht hin. Endlich beherrscht eine echte Emotion ihre Züge: Angst.

»Nein! Bitte. Ich … ich kann keine Psychoärztin ertragen. Gehen Sie nicht weg. *Bitte.*« Sie streckt sich nach meiner Hand, umklammert das Geländer ihres Bettes und packt mich mit schwachem Griff am Handgelenk. Es wird eine Weile dauern, bis sie Kraft in den Fingern zurückerlangt, so tief, wie sie sich gestern mit dem Rasiermesser geschnitten hat – oder was auch immer sie benutzt haben mag. *»Sie verstehen das nicht«,* haucht sie verzweifelt.

»Dr. Perez ist spitze, Carrie. Du kannst ihr vertrauen. Vielleicht kann sie dir helfen.«

»Kann sie nicht! Bitte. Zeth ist der Einzige. Der *Einzige*. Ich brauche ihn. Wenn Sie mich dieser Psychotante überlassen, dann … dann schwöre ich, dass ich es nächstes Mal nicht vermassle. Ich bringe mich um. Ich werd's tun, und es wird allein Ihre Schuld sein.«

Normalerweise verhandle ich mit Patienten in einer solchen Situation nicht. Sie sind selten in der Verfassung zu wissen, was das Beste für sie ist. Aber an der Verzweiflung in Carries Augen erkenne ich, dass sie die Wahrheit sagt. Sie wird sich wirklich umbringen.

»Scheiße.« Ich atme aus und balle die Hand fest zur Faust. »Ich habe ein Versprechen abgegeben, als ich Ärztin geworden bin, Carrie. Ich habe geschworen, dass ich Menschen vor Schaden bewahren würde. Und dass Dr. Perez nicht mit dir redet, betrachte ich als schädlich für dich.«

»Und wenn ich *sterbe,* betrachten Sie das nicht als schädlich? Denn das wird passieren, wenn die Schlampe hier runterkommt und versucht, mich zu psychoanalysieren.«

Doppelscheiße. Ich fahre mir mit der Hand durchs Haar und denke über eine Möglichkeit nach, wie ich Carrie davon überzeugen kann, dass sie sich töricht verhält. Allerdings wird Vernunft bei ihr nicht fruchten. Das sehe ich deutlich. Aber sie braucht unbestreitbar Hilfe.

Mir fällt nur eine Lösung ein, wie sie bekommt, was sie will, und ich auch. »Also gut. Ich sage nicht, dass ich dir helfe, von hier zu verschwinden, denn das werde ich nicht. Das widerspricht allem, wofür ich als Medizinerin stehe. Du brauchst noch mindestens drei Tage Bettruhe, und wir müssen die Beweglichkeit deiner Finger und Hände im Auge behalten, um sicherzustellen, dass keine deiner Sehnen dauerhaft geschädigt ist. *Aber* … ich leihe dir mein Handy und werde die nächsten drei Stunden auf Nachmittagsvisite sein. Und ich zwinge dich nicht, mit Dr. Perez zu reden. Dafür will ich, dass du stattdessen mit meiner Freundin redest. Ich kann sie bitten, sich inoffiziell mit dir zu treffen, also brauchst du ihr nicht deinen richtigen Namen zu nennen.«

Sie schüttelt bereits den Kopf, bevor ich den Satz zu Ende gesprochen habe. »Die sind alle gleich. Dass sie Ihre Freundin ist, macht keinen Unterschied, kapiert?«

Mir wird klar, dass ich mit ihr nicht weiterkommen werde. Das stimmt mich bemerkenswert traurig. »Wie alt bist du, Carrie?«

Widerwillig rückt sie mit der Information heraus, nachdem sie über meine Frage nachgedacht und offensichtlich entschieden hat, die Antwort sei unverfänglich. »26.«

Ich nicke, denke meinerseits nach. »Dann sind wir gleich alt. Und sag, Carrie ... wie lange fühlst du dich schon ...« *Lebensmüde. Nutzlos. Unfähig, den Weg durchs eigene Leben zu kontrollieren.* »... so?«

»Schon immer.« Ihre Großspurigkeit von vorhin war ziemlich durchschaubar, nun jedoch erspart sie sich das Theater komplett. Sie ist nur eine gebrochene junge Frau in einem Meer von Krankenhauslaken und umklammert nach wie vor mein Handgelenk, als bräuchte sie den physischen Rettungsring, um nicht darin zu ertrinken.

»Seit 26 Jahren verspürst du also eine solche Verzweiflung, dass du deinem Leben deshalb ein Ende setzen wolltest. Das kommt mir ziemlich schrecklich vor. Wenn du in die Zukunft blickst, kannst du dir vorstellen, dich weitere 26 Jahre lang so zu fühlen?« Ihre Unterlippe bebt, aber sie schweigt weiter. »Wäre es nicht besser, wenn du dich mit jemandem zusammensetzt, der dir helfen könnte aufzuarbeiten, warum du dich so fühlst, was immer es ist? So kannst du in 26 Jahren zurückschauen und das Licht sehen, das du im Leben gehabt hast, nicht nur die Dunkelheit.«

Carrie bleibt völlig still, konzentriert sich ausschließlich auf ihre von der Decke verhüllten Knie. Hätte ich etwas für Glücksspiel übrig, würde ich kein Geld darauf wetten, dass meine kleine Ansprache irgendeine Wirkung erzielen wird. Aber die junge Frau überrascht mich, als sie die Schultern hängen lässt. »Na schön, in Ordnung. Ich werd mich einmal mit der Schnalle treffen. Wenn sie nur Scheiße labert, bin ich weg.«

»Versprichst du's?«

»Ich versprech's. Und jetzt her mit dem Handy.«

»Gut. Lass es in der Lade des Nachttischs, wenn du fertig bist.« Wenn du *gehst.* Ich kann nicht glauben, dass ich das zulasse.

Trotz des mulmigen Gefühls in meiner Magengrube, als ich ihr mein Handy gebe, sehe ich es auch so, dass ich drei kleine Siege errungen habe.

Der erste: Sie wird Hilfe zulassen, auch wenn ich Pip buchstäblich werde anflehen müssen, damit sie Carrie annimmt.

Der zweite: Sie wird heute von hier verschwinden, ganze 24 Stunden bevor Zeth, wie er angekündigt hat, nach mir suchen wird.

Der dritte: Sie wird wahrscheinlich zu überwältigt sein, um zu registrieren, dass sie die Telefonnummer des Mistkerls in mein Handy eingeben wird. Seine Nummer zu haben wird wie die Rückeroberung eines kleinen Stückchens Macht sein, etwas, das ich gegen ihn in der Hand habe. Etwas, das ich der Polizei geben kann, wenn es sein muss.

Ich trete die Nachmittagsvisite an, wobei ich sorgfältig die Intensivstation meide, in der Carrie untergebracht ist. Ich kann's nicht gebrauchen, Zeth über den Weg zu laufen, wenn er kommt, um sie aus dem Krankenhaus zu holen.

Als ich schließlich in ihr Zimmer zurückkehre, um mein Telefon zu holen, ist es sieben Uhr abends, das Ende meiner Schicht. Wie vermutet ist Carries Bett leer, und ihre versaute Kleidung von gestern ist weg. Aber als ich in der Schublade des Nachttischs nachsehe, stelle ich alles andere als erfreut fest, dass mein Handy mit ihr verschwunden ist.

Scheiße.

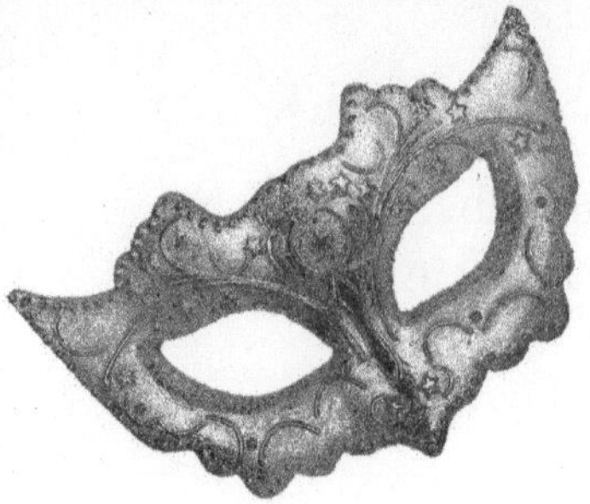

ACHT

ZETH

Pippa, empfangen um 11:33 Uhr
Ich hoffe, du nimmst dir wirklich zu Herzen, was ich gesagt hab, Slo. Halt dich von dem Kerl fern. Ich mein's ernst!

Ich verspüre ein Kribbeln, als ich Sloanes SMS durchlese. Irgendwie pervers, ich weiß, aber ich bin nun mal so ichbesessen. Ein wohliges Gefühl breitet sich in mir aus, als mir klar wird, dass sie mit ihrer Freundin über mich geredet hat. Ich habe sie gegenüber keiner Menschenseele auf dem Planeten erwähnt, aber so halten wir Kerle das eben: Wir horten unseren Scheiß. Weigern uns, irgendetwas rauszulassen. Frauen sind anders – sie schnattern wie Enten. Ich frage mich gerade müßig, ob sie dieser Pippa auch beschrieben hat, wie groß mein Schwanz ist, falls sie sich daran erinnert – natürlich erinnert sie sich –, als das verfluchte Telefon in meiner Hand piept.

(816) 546-7980, empfangen um 21:32 Uhr
Arschloch.

Ich weiß, dass die Nachricht von ihr stammt. Und ich weiß, dass sie für mich bestimmt ist. Mit verzogenem Gesicht schreibe ich zurück:

Ich
Schlampe.

(816) 546-7980, empfangen um 21:38 Uhr
Ich hab einen Tarifvertrag für das Telefon. Wäre schön, es zurückzubekommen.

Ich
Dann wirst du's dir wohl holen müssen, nicht wahr?

Ich spiele gerade mit dem Feuer. Ich sollte nicht versuchen, sie zu mir zu locken. Stattdessen sollte ich jede Verbindung zu ihr vollständig kappen. Seit ich Lace nach Hause gebracht und ihr Bettruhe verordnet habe, hab ich sie auf verschiedenste Weise ausgefragt.

Hast du ihr eine Adresse genannt? *Nein.*

Hast du ihr gesagt, wo ich arbeite? *Nein.*

Hast du ihr deinen richtigen Namen genannt? *Nein.*

Hast du ihr *meinen* richtigen Namen genannt? Lace? Hast du ihr meinen richtigen Namen genannt? *Ja.*

Tja, Scheiße.

Ist allerdings nicht ihre Schuld. Die Kleine war bis obenhin vollgepumpt mit Medikamenten, und ich hatte keine Gelegenheit gehabt, ihr eine Vertuschungsgeschichte mit auf den Weg zu geben.

Trotzdem bin ich stinksauer, dass Sloane meinen Namen hat. Fühlt sich wie ein eklatantes Machtmissverhältnis an.

Zwar weiß ich alles über sie und sie so gut wie nichts über mich, aber ich wäre gern anonym in diesem verfickten Dilemma von einer Situation geblieben.

(816) 546-7980, empfangen um 21:41 Uhr
Gib mir eine Adresse. Ich lasse es von den Cops abholen.

Sie ist ganz schön frech geworden, seit wir uns im Korridor des St. Peter's Krankenhauses wiedergesehen haben. Ist allerdings einfach, jemandem in einer SMS großspurig zu kommen. Von Angesicht zu Angesicht ist das eine andere Geschichte. So aus nächster Nähe.

Ich bin noch nicht ganz schlau aus der Frau geworden, aber mich beschleicht die Befürchtung, dass sie nicht so clever sein könnte, wie ich dachte. Sie ist inzwischen Ärztin, also sollte man meinen, sie hätte Hirn, würde die Finger von der Sache lassen und mich vergessen, wie ich es ihr geraten habe. Andererseits weiß ich, wie verzweifelt sie ihre Schwester finden will, und daran dürfte sich mit der Zeit wohl wenig geändert haben.

Ich
Wohnung 12c, 515 West Ave. 20 Uhr. Morgen. Trag etwas Nettes und Kurzes. Und ich würde dringend empfehlen, dass du die Bullen zu Hause lässt. Wir kommen nicht gut miteinander aus.

Ich grinse, als ich die Nachricht sende. Das ist nicht die Adresse des Lagerhauses, sondern die der Wohnung in der Innenstadt, wo ich meine kleinen *geselligen Zusammenkünfte* veranstalte. Gesellige Zusammenkünfte ist nicht unbedingt der richtige Begriff dafür, aber Lacey findet ihn besser als das Wort, das ich davor benutzt habe – Orgien. An jedem ersten Samstag jedes Monats läuft in der 515 West Avenue dasselbe ab, und morgen Abend wird es nicht anders sein. Mein Schwanz regt sich schon in der Hose, wenn ich nur daran denke, wie Sloane an die Tür klopft, ohne die geringste Ahnung, was sie auf der anderen Seite erwartet.

Ich werde Vorsichtsmaßnahmen treffen. Wenn sie Pippas Rat nicht beherzigt und morgen Abend aufkreuzt, werde ich dafür sorgen, dass sie künftig beim Klang meines Namens – den sie ja jetzt kennt – die Flucht ergreift, ganz gleich, wie sehr sie Alexis aufspüren will.

Den ganzen nächsten Tag bin ich aufgekratzt, weil ich es kaum erwarten kann, dass der Abend anbricht. Gegen Ende eines Monats bin ich immer ziemlich hibbelig, ganz einfach deshalb, weil die bevorstehenden Partys meine exotischeren Gelüste befriedigen. Ich gehe auch zu Veranstaltungen, die andere organisieren – Frankie hatte früher eine richtig versaute Sache am Laufen –, aber es ist nicht dasselbe.

Unter meinem Dach habe ich die Kontrolle darüber, was abgeht – ich bekomme, was ich will und mit wem ich es will. Verschafft einfach nicht dieselbe Erleichterung, wenn ich nicht der Einzige bin, dem gehorcht werden muss. Es ist nicht so, dass ich keine anderen Kerle dazustoßen lasse, das würde nämlich nicht funktionieren. Aber jeder, der dazukommt, weiß genau, wer der Boss ist, und so brauche ich es.

Es ist schon fast dunkel, als ich endlich mit dem Camaro hinfahre. Lace liegt auf der Rückbank und schläft. Ich lasse sie keine Sekunde allein, auch wenn das bedeutet, sie muss in einem Zimmer mit Michael hocken, der sie die ganze Nacht im Auge behält.

Ein Handy piept und entlockt Lace ein verschlafenes Grummeln. Ich hole das Gerät aus meiner linken Tasche hervor und versuche mich zu erinnern, ob es das von Sloane oder meines ist. Es ist meines, und wie es der Zufall will, stammt der Piepton von einer E-Mail, die Michael geschickt hat.

Von: mikeywest@webhostprime.com
An: 443232111@connectlive.com
Erhalten: 21.2.2014, 7:21
He, Boss, nur kurz zur Info: Hab immer noch nichts über die Frau herausgefunden. Falls Charlie sie vergraben hat, hat er sie tief vergraben. Ich lasse auch ein paar von Rufus' Jungs suchen. Sie kennen keine Namen. Ich bin in einer Stunde da.

Ich mag Charlie als meinen Boss bezeichnen, aber etliche Jungs da draußen benutzen den Titel für mich – und *nur* für mich.

Michael steht seit fünf Jahren auf meiner Lohnliste. Er ist gut im Umgang mit den Fäusten und hat Nerven wie verfickte Drahtseile. Durch Charlies nicht allzu subtile Drohung am Ende unseres letzten Treffens weiß ich, dass er höchstwahrscheinlich Leute darauf achten lässt, ob ich in seiner Scheiße herumschnüffle. Allerdings habe ich Michael immer vor Charlie abgeschirmt. Er wird nicht auf der Hut vor einem 1,95 großen Motherfucker aus Boise in Idaho sein.

Ich stecke das Handy zurück in die Tasche und verarbeite die Informationen, die Michael mir gerade geschickt hat. Er hat den Aufenthaltsort der Frau also immer noch nicht gefunden, ebenso wenig irgendwelche

Aufzeichnungen, die bestätigen, dass es sie nach wie vor gibt. Aber er bleibt weiter dran. Ich weiß, dass er letzten Endes etwas ausgraben wird. Es heißt eben nur warten.

Nicht lange danach treffen wir in der Wohnung ein. Ich parke den Camaro in der Tiefgarage und hole Lacey vom Rücksitz. Als ich sie heraushebe, achte ich darauf, sie nicht zu wecken. Sie schlingt die Arme um meinen Hals, ich trage sie zum Fahrstuhl. Im vierten Stock steht die Wohnungstür offen, weil Ganya gerade schwere Kisten mit Wodka aus dem Gang hineinverfrachtet.

»Ich dachte, am Anfang des Abends hast du die Mädels lieber noch bei Bewusstsein, Zee.«

Ich schleudere ihm einen vernichtenden Blick zu, trete ein und ignoriere die Stichelei. Ich gehe zum Ende des Korridors auf der Ostseite der weitläufigen Sechszimmerwohnung und lege Lacey im letzten Zimmer ab. Dann vergewissere ich mich, dass sich das Schloss ordentlich verriegeln lässt – wir hatten in der Vergangenheit schon Probleme mit unliebsamen Besuchern, die sich Freiheiten herausgenommen haben. Es schließt, also lasse ich sie einfach weiterschlafen und vergewissere mich, dass der Rest der Wohnung vorbereitet ist.

An der Eingangstür liegen bereits die Masken auf einem Tisch zur Entnahme. Das Motiv in diesem Monat ist Gold, daher sind die meisten entweder weiß oder schwarz, beschichtet mit goldenem Glitzer – oder wie auch immer die Scheiße heißt, die auf diesen venezianischen Masken ist.

Für mich suche ich die hässlichste aus, die ich finden kann – eine Teufelsmaske mit Hörnern und nach unten gekrümmten Mundwinkeln –, und lege sie für später beiseite.

Ich bin zufrieden, als ich feststelle, dass auch alles andere organisiert und an seinem Platz ist. Die Beleuchtung ist gedämpft, ein schummriges, honiggelbes Licht, das mehr Schatten wirft, als es Dinge erhellt. Aufgeschnittenes Obst und andere Häppchen sind für die Gäste angerichtet. Seidenvorhänge schaffen in den verschiedenen Räumen diskrete Nischen, in denen die Leute etwas mehr Privatsphäre haben, wenn sie das wollen. Die meisten, die kommen, wollen es nicht, aber man weiß ja nie.

Die ersten Gäste treffen ein, gekleidet in Fracks und schimmernde Abendkleider, die Haare zu eleganten Frisuren gestylt, die geradezu darum betteln, zerzaust zu werden. Es werden keine Namen ausgetauscht. Die Masken bleiben aufgesetzt.

Ich gehe los und mache mich bereit, bemühe mich dabei, einen klaren Kopf zu bewahren. Nur wollen die verfluchten Gedanken einfach nicht aufhören, sich zu überschlagen. Wird sie kommen? Wird sie sich trauen? Und falls ja, was zum Teufel wird sie tun, wenn sie all das hier sieht?

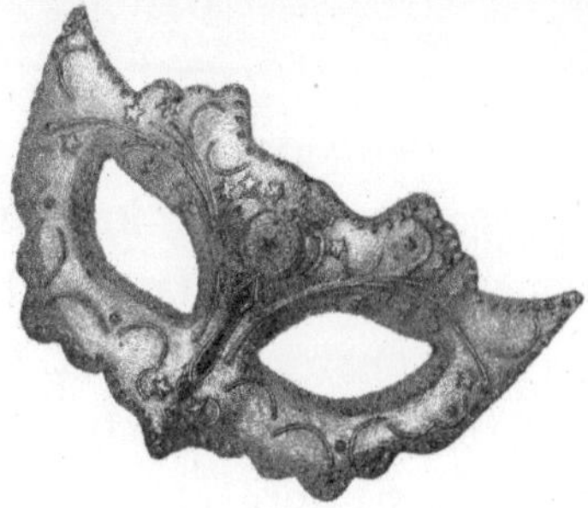

NEUN

SLOANE

Ich muss krank im Kopf sein.

Ich habe mich nicht nur nicht an die Polizei gewandt, ich bin außerdem unterwegs zu der Adresse, die Zeth mir geschickt hat, und ich trage das kürzeste, aufreizendste Kleid, das ich besitze.

Keine Ahnung, warum, aber seine SMS hat sich wie eine Herausforderung gelesen. Er hat nicht damit gerechnet, dass ich es tun würde.

Das hat meine rebellische Ader dazu gebracht, den Mittelfinger zu erheben. Ist eine Weile her, seit das zuletzt passiert ist. Nach einem unheimlich schlimmen Tag bei der Arbeit, wo ich wegen Carries Verschwinden verhört wurde – *Sie haben sie als Letzte gesehen, Dr. Romera. Sind Sie ganz sicher, dass sie nichts davon erwähnt hat, gehen zu wollen?* –, ist eine Auseinandersetzung mit diesem Kerl das Allerletzte, was ich brauche. Aber ich bin nicht dumm; wahrscheinlich wird es dazu kommen, daher bin ich dafür gewappnet.

Ich lasse das Auto zwei Straßen weiter stehen und trete den restlichen Weg zum Wohngebäude zu Fuß an. Dabei frage ich mich, ob ich wenigstens Pippa Bescheid darüber geben sollte, wohin ich gehe. Falls ich verschwinde und man nie wieder etwas von mir hört, könnte sie zumindest meinen letzten bekannten Aufenthaltsort melden.

Aber ich kann nicht. Zum einen, weil ich mein verfluchtes Handy nicht mehr habe und keine Nummern auswendig weiß. Zum anderen, weil sie mir wahrscheinlich den Arsch dafür aufreißen würde, dass ich nicht auf sie höre.

Ich drücke die Klingel für 12c und frage mich, ob Carrie hier sein wird. Für den Fall, dass es so ist, habe ich meine Arzttasche dabei, damit ich ihre Wunden untersuchen und die Verbände wechseln kann, und jede Menge Antibiotika, die sie definitiv brauchen wird.

Ein Knistern ertönt aus der Gegensprechanlage, aber es meldet sich niemand. Dann dringt ein Summen aus dem Lautsprecher, als die Person am anderen Ende die Entriegelungstaste drückt, und die Tür öffnet sich mit einem Klicken.

Ich steige vier Treppenfluchten hinauf, bevor ich das Dröhnen von Musik und Gelächter höre. Jemand lässt eine Party steigen. Ein einzelner Kerl im Anzug, die Hände vor sich gefaltet, steht am Ende des Flurs und beobachtet, wie ich mich nähere. Ich brauche nicht lang, um zu erkennen, dass die Musik aus der Wohnung kommt, in die ich soll. Und der Mann im Anzug? Er steht an der Tür Wache. Was zum Teufel soll das?

»Kann ich Ihnen helfen, Ma'am?«, fragt er mich. Seine Stimme ist seidig und tief, seine Haut hat die Farbe von warmem Honig. Mit dem rasierten Schädel und der imposanten Körpergröße von über 1,90 schüchtert er auf äußerst unterschwellige Weise ein. Wie die Klinge eines Stiletts – schmal und wunderschön angefertigt, trotzdem unheimlich tödlich.

»Ich … Zeth hat gesagt, ich soll herkommen.« Es ärgert mich maßlos, dass er mich herbeordert hat, während er irgendeine Sause steigen lässt. Ist wahrscheinlich seine Vorstellung von Schadensbegrenzung – wenn genug Leute dabei sind, kann ich ihm nicht gut eine Szene machen wegen … na ja, wegen *allem*.

»Darf ich Sie nach Ihrem Namen fragen, Miss?«

»Sloane. Sloane Romera.«

Der große Kerl überprüft keine Liste, spricht auch in kein Headset, was mich nicht weiter überrascht hätte. Aber er scheint meinen Namen bereits zu kennen.

»Willkommen, Miss Romera. Mein Name ist Michael. Falls Sie heute Abend irgendetwas brauchen, können Sie sich gern jederzeit an mich wenden.«

Er tritt beiseite und öffnet die Tür. Sein Körper versperrt mir die Sicht auf den Raum dahinter. Dann deutet er mit der offenen Hand auf einen Tisch unmittelbar hinter der Tür und lächelt höflich. »Wenn Sie bitte eine Maske auswählen.«

Eine Maske auswählen? Mir kräuseln sich in den Schuhen die Zehen. Das letzte Mal, dass ich eine Maske tragen musste, war in dem Hotel, in dem ich Zeth zum ersten Mal begegnet bin. Am Ende hat es damals wegen der Dunkelheit keine Rolle gespielt. Dennoch, die Assoziation ist stark genug, um flüssige Beklommenheit durch meinen Blutkreislauf zu jagen.

»Ich denke, nicht«, teile ich Michael mit. Er nickt verständnisvoll, als hätte er das schon öfter erlebt.

»Es tut mir leid, Miss Romera, aber ich fürchte, ohne Maske kann ich Sie nicht hineinlassen.«

Verfickte Scheiße. Ich will mein Telefon zurück. Ich will sehen, ob es Carrie – oder wie immer sie in Wirklichkeit heißen mag – gut geht, verdammt noch mal. Und ich will herausfinden, was Zeth über meine Schwester weiß.

Mein Magen verkrampft sich, als ich auf den Tisch hinabblicke, der sich als bemerkenswert groß erweist. Sechs Masken sind noch übrig, vier davon eindeutig für Männer gedacht. Die zwei femininen sind schwarz mit goldenen Wirbeln, aber von einer ragt seitlich eine metallisch glänzende schwarze, violette und grüne Feder. Das sieht hübsch aus, also nehme ich sie, und Michael erweist mir die Ehre, sie in meinem Haar zu befestigen.

Anscheinend hat der Mann das schon öfter gemacht. »Danke für Ihr Entgegenkommen, Miss Romera«, sagt er. Dann weicht er zurück, damit ich in den Raum blicken kann. Und mein Magen rasselt in freiem Fall zu Boden.

Ich habe die verschiedenen Begriffe dafür schon gehört, aber noch nie im wahren Leben gesehen: Orgie. Gruppensex. Gangbang. Danach setzt mein Verstand aus. Mehr Bezeichnungen fallen mir nicht ein für das, was sich hier abspielt.

Der Eingangsbereich mündet sofort in einen weitläufigen offenen Raum, und in dem Raum befinden sich mindestens 50 in unterschiedlichem Maße be- und entkleidete Personen. Einige Männer sind noch voll angezogen, während schlanke Frauen ihre Kleider aufreizend runtergerollt haben, um makellos geformte Brüste zu entblößen, oder hochgeschoben, um ihre rasierten Muschis zu präsentieren. Sie sitzen entweder auf den Schößen der Männer oder kauern zu ihren Füßen auf dem Boden.

Wohin ich auch schaue, schneiden schwarze Lederriemen in Haut. Dazwischen küssen sich Paare und begrapschen sich gegenseitig, haben die Hände überall.

Auf der gegenüberliegenden Seite des Raums wirft ein Mann den Kopf ekstatisch in den Nacken, während eine splitternackte Frau, die vor ihm kniet, vor aller Augen seinen steinharten Ständer lutscht.

Mein Mund klappt auf. Ich drehe mich um, und Michael, der immer noch hinter mir steht, zuckt mit den Schultern. »Wenn Sie nach Zeth suchen, er ist im hinteren Zimmer. Sie müssen durch die Wohnung, um hinzugelangen.« Langsam breitet sich ein Lächeln über seine Züge aus. »Aber der Boss hat gesagt, ich soll die Tür nicht gleich hinter Ihnen schließen. Er glaubt nämlich nicht, dass Sie es schaffen werden.«

Tja, pfeif drauf, damit hat er völlig recht. Ich brauche diese Scheiße nämlich nicht. Ich schüttle den Kopf, trete auf Michael und die nach wie vor geöffnete Tür zu.

Michael zuckt erneut mit den Schultern. »Er hat gesagt, Sie seien prüde. Er hat groß darauf gewettet, dass Sie davonlaufen würden, sobald Sie sehen, was …« Er blickt über meine Schulter in den Raum und grinst. »Na ja, das eben.«

»Er ist ein arroganter Mistkerl«, fauche ich.

»Daran besteht kein Zweifel. Wenn Sie ihm eine Lektion erteilen wollen, könnten Sie ihn suchen, statt fortzugehen. Und ihm anschließend den Kopf abreißen.«

Ich verenge die Augen zu Schlitzen. »Haben Sie dagegen gewettet?«

»1000 Mäuse«, teilt mir Michael mit.

1000 Dollar? Zeth ist sich meiner Reaktion so sicher, dass er einen ganzen Riesen dafür aufs Spiel gesetzt hat. Ich weiß, das ist vermutlich bloß Klimpergeld für ihn, zumal er Carries Krankenhausrechnung in bar bezahlt hat, aber trotzdem. Es würde ihm zweifellos wehtun, die Wette zu verlieren. Ich hole tief Luft.

Du bist schon so weit gekommen. Du hast bereits gesehen, was sich hinter dir abspielt. Du brauchst nur loszugehen und ihn zu finden.

»Na schön.« Ich räume mir keine Zeit zum Nachdenken ein. Stattdessen wirble ich herum und steuere den Gang auf der anderen Seite des riesigen Salons an.

Ehe ich mich versehe, steige ich über Körper hinweg. Ich bemühe mich bestmöglich, die Augen nach vorn gerichtet zu lassen, aber es lässt sich nicht vermeiden, dass ich ein paar Anblicke mitbekomme. Dinge, die sich auf ewig in mein Hirn brennen werden.

Als ich den Flur erreiche, sehe ich acht Türen, vier auf jeder Seite. Die meisten stehen offen, ein paar sind geschlossen. Unter dem Holz dringen gedämpfte Geräusche hervor – lustvolles Stöhnen und das lautere Klatschen von Haut auf Haut.

Ich fürchte mich zu sehr, um die geschlossenen Türen zu öffnen, also spähe ich stattdessen in die offenen Räume. Jedes Mal wappne ich mich. Zuerst erwartet mich ein Gewirr von Armen und Beinen – vier Frauen und zwei Männer, derart ineinander verschlungen, dass sich kaum sagen lässt, wer wo beginnt und wo endet. Ziemlich schnell ziehe ich mich aus dem Zimmer zurück.

Im zweiten Raum befindet sich eine Gruppe von Männern und Frauen, alle noch in ihren Anzügen und wunderschönen Kleidern. Sie beobachten ein Paar, das es auf dem Boden miteinander treibt. Die Beobachter nippen alle geziert an ihren Champagnerflöten, während sie sich dezent gegenseitig berühren – eine Hand, die sich unter ein Kleid schiebt und empfindsame Haut reibt, eine andere, manikürte Hand, die durch die Kleidung einen Steifen massiert. Ein Kerl mit einer kunstvollen

Tigermaske samt leuchtend orangefarbenen Streifen dreht den Kopf und erblickt mich. Er trinkt einen Schluck, lässt davon ab, die entblößte Brust seiner Gefährtin zu streicheln, und streckt die Hand stattdessen mir entgegen.

O Scheiße, nein!

Wie ein geölter Blitz bin ich weg und visiere die letzte Tür auf der rechten Seite an. Einen Moment lang denke ich, die Tür ist geschlossen, und will schon umkehren, da erkenne ich meinen Irrtum. Die Tür steht weit offen. Die Lichter in dem Raum sind bloß ausgeschaltet.

Du Mistkerl.

Meine Faust umklammert den Griff meiner Arzttasche fester, und ich hole tief Luft. Dann trete ich ein.

»Du bist krank, weißt du das eigentlich?«, sage ich in die Dunkelheit. Ein leises Rascheln empfängt mich, gefolgt von einer wahrnehmbaren Bewegung. Ja, die Lichter sind aus, aber der Korridor hinter mir ist beleuchtet, also ist es nicht wie beim letzten Mal. Ich kann genug erkennen, um die große Gestalt auszumachen, die langsam auf mich zukommt.

»Ich weiß, dass ich nicht normal bin, falls du das damit meinst.« Eine grauenhafte Teufelsmaske erscheint einen halben Meter vor mir. Zeth ist ganz in Schwarz gekleidet. Der Anzug, den er trägt, entpuppt sich sogar im stark gedämpften Licht als unübersehbar schön. Seine dunklen Augen leuchten mit einem stechenden, hungrigen Blick hinter der Maske hervor. »Du hast mich überrascht, Sloane. Ich werde gern überrascht«, brummt er.

»Tja, du hast mich auch überrascht. Obwohl ich nicht behaupten kann, dass ich das mag.«

Er lacht. Seine Stimme ist so tief und kraftvoll, dass ich sie in den Fußsohlen spüren kann. »Du solltest ein bisschen lockerer werden. Man weiß nie, was einem gefallen könnte, bis man es probiert hat.«

»Ich weiß genau, was ich mag, *Zeth*. Herumzustehen und dabei zuzusehen, wie sich 50 nackte Menschen aneinander reiben, gehört nicht dazu.«

In den Augen hinter der Maske flackert Verärgerung auf, als ich seinen Namen ausspreche. Er kommt auf mich zu und streckt die Hand aus, fährt mit den Fingerspitzen meine Kieferpartie entlang. Dabei wirkt er nachdenklich, fasziniert von meiner Regungslosigkeit – ich kann mich verflucht noch mal nicht bewegen –, als er meine Haut berührt. »Wenn du nicht zusehen magst, Sloane, kannst du jederzeit mitmachen.«

Ich schlage seine Hand von meinem Gesicht weg und starre ihn durch meine eigene Maske finster an. »Gib mir mein Telefon zurück.«

Grinsend mustert er mich eine Sekunde lang, bevor er mit der Hand in die Hosentasche fasst und mein Handy herausholt. Er bietet es mir an, und ich weiß einfach, er hat vor, es mir wieder zu entreißen, sobald ich danach greife.

Also strecke ich stattdessen die offene Hand aus und warte darauf, dass er es hineinlegt. Er verzieht das Gesicht, weil ich ihm den Spaß verdorben habe, dann reicht er mir das Telefon. Ich lasse es in der Arzttasche verschwinden, die ich immer noch umklammere, als hinge mein Leben davon ab.

»Ich bin heute Abend hergekommen, weil du wissen musst, dass ich keine Angst vor dir habe, Zeth. Und ich will wissen, was du über meine Schwester weißt.«

»Wirklich?« Sein Blick fällt auf die Tasche in meiner Hand. »Dem Gepäck nach sieht es so aus, als wüsstest du alles über unsere kleine Gesellschaft und hättest ein paar Spielsachen mitgebracht.«

Mir fällt seine schwarze Tasche ein, die er damals im Hotel dabeihatte, und meine Kiefermuskulatur spannt sich an. »So wie deine Tasche, meinst du? Ich bin nicht so pervers, dass ich einen Haufen Bondage-Kram mit mir herumschleppe.«

Zeth senkt den Blick, legt den Kopf abwägend schief. Seine Tasche steht zu meiner Linken auf dem Boden neben der Tür. Ein Schauder durchläuft mich, als ich sie bemerke. »Meine Trickkiste ist etwas größer als deine, Sloane. Und ich habe nicht nur Bondage-Zubehör drin. Wenn du dich traust, kannst du sie ja vielleicht aufmachen und nachsehen.«

Infektionen sind ein heikles Problem nach Operationen. Wir Ärzte verwenden eine Menge Zeit und Mühe darauf sicherzustellen, dass so etwas nicht passiert – dass die Wunden, die wir verursachen oder zu heilen versuchen, sauber bleiben. Aber manchmal passiert es trotzdem, ganz gleich, wie vorsichtig wir sind. Ein Körper wird aufgeschnitten und letztlich von einer Infektion befallen; Organe entzünden sich, der Körper stößt neue Gliedmaßen ab. Ich habe das schon mehrmals mit angesehen, aber noch nie aus erster Hand erlebt. Im Augenblick jedoch kommt es mir so vor – es fühlt sich an, als würde Zeth grob wie ein Schlächter eine Operation an meinem offenen Brustkorb vornehmen, und mein Herz ist bereits entzündet. Es pocht heftig in mir, kämpft gegen die seltsamen, fremdartigen Emotionen an, die Zeth dem Organ vorsätzlich injiziert.

»Ich rühre das Ding nicht an, klar? Und ich hab meine Arzttasche mitgebracht, damit ich *Carrie* untersuchen kann.« Ich betone den Namen, damit er merkt: Ich weiß, dass es nicht ihr richtiger ist.

Allerdings bleibt er davon völlig unberührt.

»*Carrie* schläft. Aber du kannst gern mit mir Doktor spielen. Mit der richtigen Inspiration kann ich ein sehr guter Patient sein.« Langsam hebt er die Hand, bewegt sie wie jemand, der im Begriff ist, ein Pferd zu tätscheln. Meine Mutter hat mir gezeigt, wie man das macht, als ich ein Kind war – *Du musst das Tier deine Hand sehen lassen, Schatz. Lass es wissen, dass du ihm nicht wehtun willst.* Allerdings merke ich an dem belustigten Funkeln in Zeths Augen, dass *er* mir sehr wohl wehtun wird. Auf die eine oder andere Weise. Er wird mir den Boden meiner Welt unter den Füßen wegreißen.

Wieder berührt er mein Gesicht, meine Wangenknochen, so hauchzart, dass ich mich konzentrieren muss, um seine Finger überhaupt zu spüren. Ist ein gewaltiger Unterschied dazu, wie er mich im Krankenhaus angefasst hat, aber das macht die unsanfte Behandlung nicht wett.

»Ich habe nicht vor, bei irgendwelchen deiner Spielchen mitzumachen, Zeth. Wenn dir irgendetwas an Carrie liegt, dann lässt du mich zu ihr. Ihre Handgelenke sind nicht annähernd verheilt. Sie braucht Medikamente, und ihre Verbände müssen gewechselt werden.«

»Sie ist auf Amoxicillin, und ihre Verbände werden dreimal täglich gewechselt. Bei Bedarf öfter. Sie hängt an einem Tropf, um bei der Nachbildung des Plasmas zu helfen, das sie verloren hat, und sie ist zu Bettruhe verdonnert. Und im Augenblick *schläft sie*«, sagt er mit knurrendem Unterton.

Ich habe ihn verärgert, so viel steht fest. Unwillkürlich schlucke ich, als er sich vorwärtsbewegt, sich mir leicht entgegenbeugt, bis sich sein Körper keinen halben Meter von mir entfernt befindet. 25 Zentimeter, die sich nie kürzer angefühlt haben.

»Also, Sloane, falls du nichts dagegen hast, ich muss mich jetzt um meine Party kümmern. Falls du feige bist und abhauen willst, schlage ich vor, dass du es jetzt gleich tust, bevor es richtig zur Sache geht.«

Bevor es richtig zur Sache geht? Mir graut vor dem Gedanken, was das bedeuten mag. Vor allem wenn Zeth denkt, es ginge draußen in seinem Salon nicht bereits heiß wie auf der Sonnenoberfläche her. Vielleicht war er noch nicht draußen. Vielleicht hat er keine Ahnung, was vor sich geht. Vielleicht hat er gedacht, seine Gäste würden das Fingerfood tatsächlich benutzen, um … na ja, um es zu essen.

Mein Unterbewusstsein lacht mich aus, zeigt praktisch mit dem Finger auf mich. *Er hat hier in der Dunkelheit gesessen … und auf dich* gewartet. *Er weiß haargenau, was los ist. Er weiß es so was von genau, du dämliche Trulla.*

»Gut. Ich gehe gern, aber zuerst musst du mir noch etwas sagen. Ist … ist sie am Leben, Zeth?« Mein stures Auftreten gerät ins Wanken.

Es gibt Zeiten, da gestatte ich mir, wegen Lex' Verlust zu weinen. Dann schluchze ich, bis mir speiübel wird. Aber die einzelne Träne, die mir jetzt über die Wange kullert, scheint von einer wesentlich tieferen Traurigkeit als all dem erfüllt zu sein.

Zeth schnaubt und tut etwas völlig Unerwartetes: Er nimmt behutsam seine Maske ab. Er wirft sie auf ein Bett, das ich hinter ihm kaum ausmachen kann, dann beginnen seine riesigen Pranken, die Manschetten an seinen Handgelenken zu bearbeiten.

»Was … was soll das werden?«

»Du musst es sehen«, antwortet er knapp. Die Tür hinter mir ist immer noch offen, und mir ist bewusst, dass ich sie benutzen sollte. Ich sollte mich umdrehen und hinausmarschieren.

Aber irgendetwas daran, wie er mich mit einem finsteren Blick fixiert, lässt mich wie erstarrt verharren. Seit unserem Wiedersehen vor 48 Stunden beruht unsere gesamte Interaktion auf einem Gefüge aus Diebstahl, Drohungen und Herausforderungen. Jetzt jedoch fühlt es sich so an, als fiele eine Barriere und als würde gleich etwas Aufrichtiges passieren. Allein der Gedanke ist so abschreckend, dass ich am liebsten die Flucht ergreifen und mich verstecken würde.

Er zieht sein Jackett aus und hängt es über die Umrisse eines Stuhls mit hoher Rückenlehne neben ihm. Dann knöpft er sein Hemd auf, das sich um die Schultern spannt. Auch über die Arme strafft sich der Stoff, als er sie anwinkelt, um sich vom Hals nach unten vorzuarbeiten. Unter dem Hemd trägt er ein schwarzes Unterhemd, das sich eng an jeden definierten Quadratzentimeter seines Oberkörpers schmiegt. Er sieht aus wie ein gottverdammter UFC-Kämpfer. Seine Haut ist blass wie Elfenbein, vereinzelt überzogen von schwarzen Tätowierungen. Er schaut unter zusammengezogenen Augenbrauen hervor zu mir auf, und ich verspüre das dringende Bedürfnis, die verschwitzten Handflächen an meinem Kleid abzuwischen.

Heiliger Bimbam. Irgendwie hasse ich ihn ja, aber seine überlebensgroße Präsenz, seine Anziehungskraft und wie er mich ansieht, als wäre er bereits in mir … Damit macht er mich fertig.

Mit einer schnellen und offen gestanden faszinierenden Bewegung reißt er sich das Unterhemd vom Körper, zieht es sich über den Kopf und entblößt eine Wand von Muskeln, die sich wechselweise anspannen. Alle Teile von ihm arbeiten perfekt zusammen, wenn er sich bewegt. Zusätzlich zu den Tätowierungen an seinen Armen hat er vier oder fünf quer über der Brust, aber sie sind schwer auszumachen. Unmittelbar über seiner Hüfte jedoch prangt eine Lilie – sie ist einfach zu erkennen, ebenso wie der Adler mit den ausgebreiteten Flügeln auf seinem linken Brustmuskel. Ein Schriftzug verläuft abwärts um seinen Hals, kunstvolle Worte, die ich nicht ganz lesen kann.

Er tritt vor, ich trete zurück und halte den Atem an. Mittlerweile befinde ich mich an der Schwelle, und Zeth ist durch sein Vorrücken ins Licht geraten, allerdings nur halb. Die Vorderseite seines Körpers – die Brust, der definierte Bauch, der tiefe V-Einschnitt über seinen Hüftknochen, der unter seinem Gürtel verschwindet – ist in das Licht vom Gang getüncht. Der Rest von ihm verbleibt im Schatten.

»Da«, sagt er und zeigt auf seinen Bauchbereich, »ist zum ersten Mal auf mich eingestochen worden.«

Ich kann die dunklere Farbe der Narbe erkennen, auf die er zeigt, und mein Körper erinnert sich. Er erinnert sich an seinen Körper. Mit geschlossenen Augen würde ich noch wissen, wie sich diese Narbe angefühlt hat. Allein in der Dunkelheit habe ich es so viele Male erneut durchlebt, sie zu berühren. In meinen Fingern kribbelt es bei dem Echo der Erinnerung – ich weiß, dass sie sich steif und fest anfühlt.

»Die zwei hier sind vom zweiten Mal«, fährt er fort und streicht mit der Hand über seine Haut.

Diese Narben sind nicht so sauber und glatt wie die erste. Sie verlaufen gezackt, sehen zornig aus, fünf Zentimeter lang und beinah violett. Sie wurden eindeutig nicht ordentlich genäht. Typisch, dass er mir das zeigt und mein innerer Monolog der professionellen Medizinerin unwillkürlich das Werk der Person kritisiert, die ihm das Leben gerettet hat, wer es auch gewesen sein mag. Ich hätte es wesentlich besser hinbekommen.

»Und hier bin ich angeschossen worden.« Er dreht sich so, dass sich sein Oberkörper ein bisschen mehr ins Licht bewegt.

Ich sehe auf Anhieb die gerötete, geschwollene Wunde wenige Zentimeter unter seinem Schlüsselbein. So nah dran an seiner Lunge. Zwei, drei Zentimeter mehr hätten einen schweren, vielleicht irreparablen Schaden anrichten können. Die Wunde ist offensichtlich noch verdammt frisch. Unwillkürlich schnappe ich nach Luft.

»Wann ist das passiert? Und warum?«

Zeth ergreift vorsichtig meine Hand und zieht sie zu sich. Meine Füße versuchen, an derselben Stelle verwurzelt zu bleiben, doch der Rest meines Körpers sinkt auf ihn zu, wie es die ganze Zeit schon unvermeidlich gewesen ist. Er legt meine Hand auf die Schussverletzung und sieht mir eindringlich in die Augen. Seine Haut fühlt sich sengend heiß an, so heiß, dass ich glaube, meine Hand steht in Flammen.

»Vor ungefähr drei Wochen«, antwortet er leise. »Und es ist passiert, weil der Kerl, den ich umbringen sollte, keine Lust hatte, still und leise abzutreten.«

Scheiße!

Ich will die Hand zurückziehen, aber Zeth umklammert sie zu fest, presst sie auf seine Haut.

»Das ist meine Welt. Eine Welt, in der regelmäßig Menschen abgestochen und erschossen werden. Sie ist dunkel. Sie ist beängstigend. Menschen sterben darin. Wenn deine Schwester in diese Welt gesogen worden ist, glaubst du wirklich, sie hat es überlebt?«

Tränen treten mir in die Augen. Am liebsten würde ich ihn schlagen. Ich würde ihm gern die Faust so heftig ins Gesicht rammen, dass ich Knochen brechen spüre – seine oder meine, spielt im Grunde keine Rolle. Ich bin so wutentbrannt, dass ich tatsächlich zuschlage, allerdings nur mit der offenen Hand. Mit einem klatschenden Laut treffe ich ihn so hart, dass sein Gesicht zur Seite schnellt und meine Handfläche höllisch brennt.

Als Zeth den Kopf mit einer langsamen, überlegten Bewegung zu mir zurückdreht, verfalle ich bereits in Panik. Ein winziger Blutfleck prangt an seiner Unterlippe, wo die Haut aufgeplatzt ist. Mein Herz setzt einen Schlag aus. Es weiß bereits, dass ich etwas echt Dummes getan habe. Richtig, *richtig* dumm.

»Ich dachte, du willst nicht spielen, Sloane«, sagt er in knurrendem Ton. Er hält meine Hand immer noch fest, setzt sich rücklings in Bewegung, zieht mich mit sich. Noch nie zuvor in meinem Leben hatte ich solche Angst. Ich ziehe weg von ihm, aber er lässt mich nicht los. Zeth bewegt sich rasant, bückt sich und hebt mich so schnell von den Beinen, dass mir nicht einmal Zeit zum Schreien bleibt. Mit drei langen Schritten überwindet er die Entfernung von der Tür zum Bett und lässt mich draufplumpsen, löchert mich immer noch mit diesen beinah schwarzen Augen.

»Ich schwöre bei Gott, wenn du mich vergewaltigst, bring ich dich um«, speie ich ihm entgegen.

Zeth gibt ein animalisches Knurren tief in der Kehle von sich, wild und gefährlich. »Ich zwinge Frauen nicht dazu, Sloane. Wenn wir Sex haben, dann weil du es willst.«

»Hast du mich deshalb gerade auf dieses Bett geworfen?«

»Ich hab dich aufs Bett geworfen, weil du mich geschlagen hast, und das war sehr ungezogen von dir. Aber ich habe beschlossen, dir ein Angebot zu unterbreiten.«

Ich spähe zur Tür. Sie ist nur drei Meter entfernt, trotzdem bezweifle ich, dass ich es schaffen könnte, ohne dass er mich vorher zu Boden reißt. »Was soll das heißen, ein Angebot?«

Er kauert sich neben das Bett, und ich fühle mich erneut in jenes Hotelzimmer zurückversetzt. Diesmal jedoch sehe ich den forschenden, wissenden Ausdruck in seinem Gesicht. Seine kraftvolle Kieferpartie stellt die der meisten Männer in den Schatten. Durch sie und die anderen einzigartigen Merkmale seines Gesichts – dunkle Augenbrauen, Kinn mit Grübchen, sinnliche Lippen, Wangenknochen, für die Frauen töten würden – ist er auf brutale Weise der vielleicht schönste Mensch, den ich je gesehen habe.

Allerdings ist es nicht sein Äußeres, das meine Glieder erstarren lässt. Es ist vielmehr die Art, wie er mich ansieht – als wäre ich in dieser Sekunde der alleinige Mittelpunkt seiner gesamten Welt.

»Ich will dir zwei Fragen stellen«, sagt er vorsichtig. »Und danach kannst du hierbleiben und tun, was ich dir sage, oder du kannst verschwinden. Du kannst nach Hause gehen und all das hier und mich und alles, was du heute Abend hier gesehen hast, einfach vergessen. Wird deine Entscheidung sein.«

Scheint mir keiner großen Überlegung zu bedürfen. Ich glaube nicht, dass er mich belügt – ich bin vielmehr überzeugt davon, dass er mich hier rausspazieren lassen wird. Ich kann es in seinen Augen sehen.

»Okay.«

»Okay«, sagt er.

Ein nervöses Kribbeln breitet sich in mir aus, als er sich aufrichtet und auf die Bettkante setzt. Er beugt sich über mich, platziert die linke Hand neben meinem Kopf und stützt das Gewicht darauf, wodurch er über mir schwebt. »Hast du seit mir mit irgendjemandem Sex gehabt?«

Was zum Teufel soll die Frage? Geduldig wartet er auf eine Antwort, während ich Verärgerung über die Würdelosigkeit der Frage vortäusche. Scheint ihn nicht zu kratzen, dass er mich stinksauer macht. Er wartet nur weiter auf meine Antwort. Je eher ich sie ihm gebe, desto eher kann ich gehen. Fein. Ich habe keinen Grund, ihn zu belügen, also sage ich ihm die Wahrheit.

»Nein. Ich habe seit dir mit niemandem Sex gehabt.«

Zeths einzige Reaktion darauf sind Fältchen um die Augen, als er sie zusammenkneift und mich mustert.

»Gut. Danke, dass du mir die Wahrheit gesagt hast. Und jetzt beantworte mir noch etwas. Wenn du danach immer noch gehen willst, steht es dir frei …«

Ich atme tief ein und halte die Luft an. Es wird etwas Bizarres sein, ich weiß es einfach.

»Als wir uns zum ersten Mal begegnet sind, habe ich dir gesagt, du sollst mich in Besitz nehmen, weil sonst ich dich in Besitz nehmen würde. Seither denkst du darüber nach, wie das wohl ausgesehen hätte.«

»Nein, tu ich nicht.« Meine Stimme zittert so übel, dass ich mich wie ein verängstigtes kleines Mädchen anhöre.

Zeth gibt einen missbilligenden Laut von sich.

»Du hast dich so gut angestellt, als du mir gerade die

Wahrheit gesagt hast. Ruinier es jetzt nicht, Sloane. Und das war nicht meine Frage. Ich habe es dir gesagt, weil ich weiß, dass es stimmt.«

Langsam, so langsam senkt er sich tiefer, während er spricht, bis sich sein Gesicht nur noch Zentimeter von meinem entfernt befindet. Er neigt den Kopf zur Seite und bewegt ihn abwärts, streift mit der Nase seitlich über meinen Kiefer, atmet gedehnt ein und dann aus.

Sein heißer Atem jagt einen so mächtigen Schauder durch meinen Körper, dass ich die Muskeln anspannen muss, um ihn zu unterdrücken.

»Es gelingt dir nicht, mich aus dem Kopf zu bekommen. Du denkst ständig an mich, fragst dich, wer ich bin, wo ich bin, was ich mache, wen ich ficke.«

Das letzte Wort haucht er mir direkt ins Ohr, und ich klemme die Beine zusammen.

»Nachts, wenn du allein bist, wenn du dich anfasst, bin ich es, der dich feucht werden lässt. Und die ganze Zeit fragst du dich … fragst du dich, wie es ausgesehen hätte, wenn du in jener Nacht zugelassen hättest, dass ich dich in Besitz genommen hätte. Was ich mit dir gemacht hätte. Wie ich dich mir zu eigen gemacht hätte. Also lautet meine letzte Frage an dich, Sloane: Bist du stark genug, um zuzugeben, dass du das willst? Bist du mutig genug, um herauszufinden, wie es ist?«

Ich fühle mich entblößt.

Es ist, als hätte Zeth irgendwie einen Weg in mein Innerstes gefunden und all meine intimsten Gedanken gelesen. Er kann diese Dinge unmöglich über mich wissen, aber er spricht sie mit so eindeutiger Überzeugung aus, dass mir klar ist, ich brauche ihm nichts vorzumachen. Er weiß, dass es stimmt.

Und das tut es wirklich. Scheiße. Ich schließe die Augen und versuche, die Panik wegzuatmen. Panik, weil Zeth so dicht über mir schwebt – purer Sex und geballte Bösartigkeit, verpackt in einen sengend heißen, tätowierten Körper.

»Ich … ich will das nicht, Zeth.«

Falls er enttäuscht ist, lässt er es sich nicht anmerken. Er lehnt sich zurück, lässt mir wieder Freiraum. »Na schön. Dann war es ein sehr netter Besuch, Sloane, aber es ist an der Zeit, dass du gehst.«

Ich setze mich auf, beobachte ihn. Er meint es ernst. Er lässt mich wirklich gehen.

Langsam schwinge ich die Beine aus dem Bett und spanne den Körper an, halte mich für den Fall bereit, dass es bloß irgendein Trick ist.

Er steht auf und greift sich sein Hemd, fädelt die Hände in die Ärmel. Offen hängt es an ihm, als er seine Manschettenknöpfe von einem dunklen, anonymen Möbelstück einsammelt. Seine Konturen, die Tätowierungen, das Gesicht, das offene Hemd … Er hat jedes Recht auf die animalische und zutiefst sinnliche Art, wie er sich bewegt. Es ist keine Masche. Das habe ich bereits festgestellt. Er ist einfach so.

»Und?«, fragt er.

»Was …« Ich bekomme die Worte nicht heraus. Es widerstrebt mir schon, sie nur zu denken. »Was wirst du tun, nachdem ich weg bin?«

Zeth kommt zum Bett zurück, stellt sich unmittelbar vor mich. Meine Augen befinden sich auf Höhe seines gottverdammt perfekten Nabels – wie kann ein Mann überhaupt einen perfekten Nabel haben? Er krümmt den Zeigefinger und klemmt ihn unter mein Kinn, hebt mein

Gesicht so an, dass sich unsere Blicke seinen Oberkörper entlang begegnen.

»Ich gehe da raus, trinke ein wenig Champagner und suche mir dann jemanden, der spielen will.«

»Spielen?«

»Ja. Nicht beschissenes Schach, Sloane. Eine Frau, die will, dass ich sie ficke, bis sie nicht mehr klar sehen kann. Eine Frau, die mich die Zunge in ihrer Muschi versenken lässt. Eine Frau, die zulässt, dass ich sie schmecke. Eine Frau, die sich von mir fesseln und Todesangst einjagen lässt. Eine Frau, der das *gefällt.* Ich hatte gehofft, heute Nacht würdest du das sein, aber …«

Ich schlucke.

Und schlucke erneut. Meine Kehle fühlt sich an, als hätte ich die verfluchte Sahara inhaliert. Ich muss hier raus, bevor ich etwas Dummes tue.

Also stehe ich so jäh auf, dass Zeth zurücktreten muss, um nicht verletzt zu werden. »Ich … ich muss morgen arbeiten. Ich …«

Als ich zur Tür eile, kämpfe ich um … Ja, worum? Die Kraft, zu gehen?

»*Äh* …«

Er ist in fahles, gelbliches Licht getüncht, als ich mich umdrehe. »Ich glaube, du hast etwas vergessen.« Er bückt sich, hebt meine Arzttasche auf und streckt sie mir entgegen. Als er den Ausdruck in meinem Gesicht sieht, grinst er. »Weißt du … Wenn du willst, kannst du auch bleiben, Sloane. Du musst die Worte nicht aussprechen. Das macht dich nicht schwach. Es bedeutet vielmehr, dass du stark bist.«

Ich gehe zu ihm zurück, sehe ihm eindringlich direkt in die Augen. Ich kann … kann das nicht. Dafür bin ich nicht der Typ. Oder doch? Weiß ich überhaupt, wer ich wirklich bin?

Er hält mir den Griff meiner Tasche entgegen, mustert mich dabei mit hochgezogener Augenbraue. »Was soll's sein, meine Tapfere? Willst du die Tasche, oder willst du mich?«

Er hat gesagt, ich müsste die Worte nicht aussprechen. Er hat gesagt, das würde mich nicht schwach machen. Aber vielleicht … Gott … vielleicht will ich ja für kurze Zeit schwach sein. Ich bin die vergangenen zwei Jahre stark gewesen. Ich war stark, als Lex entführt wurde. Ich war stark, als ich meine Jungfräulichkeit aufgegeben habe, um meine Schwester zu finden. Ich war stark, als mir klar geworden ist, dass es mir nicht gelingen würde, sie zu retten. Ich habe es so satt, stark zu sein. Mit einem tiefen Atemzug schließe ich die Augen und bereue bereits im Voraus, was ich gleich tun werde.

Ich trete an ihm vorbei und sinke auf die Bettkante.

Zeths tiefe Stimme zerbricht die Stille, ein volltönender, elektrisierender Laut.

»Ja. Das dachte ich mir.«

ZEHN

ZETH

Die Frau ist eine verfluchte tickende Zeitbombe, und sie wird gleich auf diesem Bett explodieren. Dafür werd ich sorgen, und sei es nur als Belohnung, weil sie sich nicht eingenässt hat, als ich erzählt hab, dass ich vor weniger als einem Monat jemanden umgebracht habe.

Die meisten Frauen hätten darauf reagiert – aber nicht sie. Ich bin nicht blind – ich weiß, dass ich ihr Angst einjage. Aber das bedeutet nur, dass sie keine verfluchte Idiotin ist.

Es gibt lediglich einen kleinen Prozentsatz von Frauen, die nicht stören würde, dass ich Menschen das Leben nehme, wenn es die Situation erfordert. Das sind die Frauen, die ich gern *total gaga* nenne. Und warum sollte ich es mit einer Gestörten treiben wollen?

Sloane hat eine gesunde Portion Angst vor mir, und das passt mir gut. Allerdings weiß sie nicht, worauf sie sich gerade eingelassen hat, jedenfalls nicht wirklich, und das erregt mich definitiv. Ich will zwar immer noch an meinem Plan festhalten, ihr eine Scheißangst einzujagen, aber ein gieriger Teil von mir will, dass sie zuerst noch ein wenig genießt. Und wer weiß, ich könnte es ohne Weiteres auch ein wenig genießen.

Ich lächle breit und selbstzufrieden, als sie mir ein Ja signalisiert. Obwohl ich es gewusst habe. Es gibt keine

Realität, in der sie je hätte ablehnen können. Ich lasse sie steif auf dem Bett zurück und gehe zur Tür hinüber.

»Steh auf«, befehle ich ihr. Sie bewegt sich langsam, beobachtet mich, als würde sie damit rechnen, dass ich mich in eine Art Monster verwandle oder so. Armes Ding. Sie sollte längst mitbekommen haben, dass ein Monster so aussieht. Als sie aufrecht steht, lehne ich mich an den Türrahmen und verschränke die Arme vor der Brust.

»Zieh dich aus.«

Sie will sich weigern. Ich sehe es ihr am Gesicht an, aber sie will auch unbedingt versuchen, mich nicht zu verärgern.

Zögerlich ergreift sie den Saum des knappen, hautengen schwarzen Kleids, das sie trägt, und zieht ihn gerade hoch genug, um mir zu zeigen, dass sie richtige Strümpfe und einen Strumpfgürtel trägt. Innerlich johle ich. Keine Frau trägt diesen Scheiß, es sei denn, sie weiß, dass sie flachgelegt werden wird. Sloane kann es leugnen, so viel sie will, aber sie hat gewusst, dass es heute Nacht dazu kommen würde.

Ihre Finger bewegen sich vorsichtig über die Haken der Strumpfhalter, dann stellt sie den Fuß aufs Bett und streift sich die Strümpfe erst vom rechten Bein, dann vom linken. Ihre gemessenen Bewegungen liegen nicht daran, dass sie eine erstklassige Stripperin ist, sondern daran, dass sie sich vor Angst fast in das sexy Spitzenhöschen scheißt. Auf mich haben sie trotzdem dieselbe Wirkung. Mein Penis pulsiert in der Hose, während ich sie beobachte, aber ich fasse ihn nicht an. Ich werde ihn noch eine ganze Weile nicht anfassen.

»Jetzt das Kleid.«

Sie schält sich aus dem Fummel, schiebt ihn über ihren Körper hoch, und meine Hände zucken, als ich mir vorstelle, ihre Finger wären meine. Allerdings hätte ich das Kleid anders entfernt. Ich hätte ihr das Ding geradewegs vom Leib gerissen.

Die Haare fallen ihr über die Schultern wie ein verfluchter Wasserfall, als sie das Kleid über den Kopf zieht. Ich hatte recht mit der Unterwäsche: Sie trägt ein schwarzes Spitzenhöschen und einen dazu passenden Spitzen-BH. Das ist einfach nur zu verfickt cool. Eli, der widerliche Scheißer, hat ihr damals gesagt, sie soll schwarze Spitzenwäsche anziehen, hat ihr verklickert, das würde mich glücklich machen – und jetzt steht sie hier vor mir … in schwarzen Spitzen-Dessous. Das spricht Bände.

»Zieh den BH runter«, verlange ich.

Sloane wirkt erschrocken, als würde ihr letztlich klar, was zum Teufel sie gerade macht, und als würde sie schleunigst verschwinden wollen. Ich würde sie nicht aufhalten, wenn sie es versuchte, andererseits will ich sie das auch nicht merken lassen. Jetzt, da wir uns in dieser Lage befinden, brauche ich Befriedigung. »Tu es, Sloane. Wenn nicht, wirst du bestraft.«

Ihre haselnussbraunen Augen, die ich im Licht, das hinter mir hereindringt, gerade so erkennen kann, werden extragroß. Aber sie sagt kein Wort.

Innerlich spende ich ihrem Mut Beifall, als sie die Träger des BHs von den Schultern streift und die Körbchen nach unten schiebt, ihren Busen freilegt. Ihre Brüste sind groß, naturbelassen und perfekt, genau wie ich sie aus unserer gemeinsamen Nacht in Erinnerung habe. Ich mag darüber Scheiße gelabert haben, aber sie ist nicht die Einzige, die sich nach unserem Erlebnis in der Dunkelheit verzehrt hat. Ich habe diese Titten schon geleckt und daran genuckelt, doch es hat immer an mir genagt, dass ich sie nie zu sehen bekommen habe. Bis jetzt.

Ihre Nippel richten sich auf, während ich sie anstarre und mich bemühe, mir meine Gedanken nicht ansehen zu lassen.

Ist eigentlich nicht schwierig – ich bin ein Meister der Einschüchterung, und das hier ist ein Kinderspiel. Ihr Körper ist unglaublich, in jeder Hinsicht vollkommen, aber auch das lasse ich sie nicht merken. Meine Rolle hier besteht darin, so klinisch wie möglich zu bleiben.

»Jetzt leg dich aufs Bett.«

Sie stakst einen Schritt rückwärts, trägt noch ihre niedrigen Stöckelschuhe, und setzt sich steif aufs Bett. O Scheiße … Sie ist immer noch ein wenig gehemmt. Zeit, das zu beheben. Zeit, ihr auch noch das letzte Quäntchen Befangenheit zu nehmen, bis sie Wachs in meinen Händen ist.

Es gibt nur einen Weg, das zu erreichen, nämlich den, mir ihren Körper so zu eigen zu machen, dass sie ihn nicht mal mehr als ihren betrachtet. Für sie wird es nur noch einen Gedanken, einen Wunsch auf der Welt geben, und der lautet, mich zu befriedigen.

Ich strecke die Hände aus, ziehe ihren Körper zu mir und die Beine so zum Rand des Bettes, dass ich dazwischen in Stellung gehen kann. Ich kauere mich auf die Fersen und grinse, als ich sehe, dass sie denkt, ich würde es ihr besorgen. Leider nein, Schätzchen.

»Fass dich an, Sloane.«

»W-was?«

Das kleine Mäuschen ist verängstigt. Ich kneife die Innenseite ihres Schenkels kräftig genug, dass sie zusammenzuckt. »*Fass dich an.*«

Ich bin erstaunt, als sie es wirklich tut. Ihre zierliche Hand schnellt zwischen ihre Beine, und sie beginnt, sich durch den Slip zu massieren. Das ist gut – aber noch nicht gut genug.

Mit einem Brummen presse ich den Daumen auf die Stelle, an der ich sie vor wenigen Sekunden gekniffen habe. Sie hält inne, und ich kann beobachten, wie sie die Augen schließt. Diesmal verschwindet die Hand unter den Slip, und sie unterdrückt ein Wimmern.

»Braves Mädchen.«

Ich ziehe den Slip beiseite, damit ich sehen kann, was sie macht, und kurz bin ich froh, dass sie die Augen geschlossen hat, denn ich falle aus der Rolle. Zum ersten Mal seit einer Ewigkeit falle ich aus der Rolle. Der Anblick, wie ihr Mittelfinger die feuchten Hautfalten zwischen ihren Schenkeln bearbeitet und über ihren Kitzler streicht, bringt mich unwillkürlich zum Stöhnen. Ich muss die Hand zur Faust ballen und mir auf die Knöchel beißen, damit mir der Laut nicht herausrutscht.

Ein Schatten fällt von der Tür herein, als jemand das Licht blockiert, und Sloanes Hand erstarrt schlagartig. Ihre Lider klappen auf, und wir drehen beide den Kopf – zwei meiner Gäste sind gekommen, um das Zimmer zu erkunden, ein Mann mit Tigermaske und eine große Blondine mit Beinen bis zum Hals in einem kurzen, glänzenden schwarzen Kleid. Die Frau trägt noch ihre schlichte goldene Maske, die jedoch die untere Hälfte ihres Gesichts unbedeckt lässt. Ihr Mund verzieht sich zu einem verführerischen Lächeln, als sie sieht, was in unserem Kämmerchen vor sich geht.

»O mein Gott.« Sloane versucht, sich im Bett aufzusetzen, aber in meinem Kopf fügt sich ein Szenario zusammen und bringt mich innerhalb von zwei Sekunden auf Hochtouren. Ich lege eine Hand auf ihren Bauch, um sie aufzuhalten.

»Leg dich wieder hin.«

»Aber …«

Ich setze einen strengeren Blick auf, übermittle ihr die Botschaft klar und deutlich. Wenn sie mich glücklich machen will, geht sie es im Moment noch verkehrt an. Die Unentschlossenheit in ihren Augen ist interessant. Die innere Schlacht, die sie austrägt, dauert zehn Sekunden, die sich lange hinziehen. Schließlich sinkt sie aufs Bett zurück und behält das Paar an der Tür argwöhnisch im Auge.

»Setzt euch aufs Sofa. Und kein Anfassen«, sage ich zu den beiden. »Nicht bevor es meine Freundin erlaubt.«

Dieses Stück Freiheit gestehe ich Sloane zu, weil ich weiß, dass sie es in diesem Augenblick braucht. Sie entspannt sich sichtlich auf dem Bett, wenngleich sie den Körper trotzdem ein wenig verkrampft, als das Paar den Raum betritt und auf dem Zweiersofa an der Wand hinter mir Platz nimmt.

Ich richte das Augenmerk wieder auf Sloane.

»Wo waren wir?«

Sie wimmert, versteht den Wink aber und fängt wieder an, zu masturbieren. Sloane weiß es noch nicht, aber sie ist perfekt dafür. Perfekt für mich und meine dunklen, abartigen Begierden. Ich fahre mit den Händen die Innenseite ihrer Schenkel hinauf, halte kurz vor ihrer Pussy inne, und sie hebt das Becken in einer überaus einladenden Geste an. *Noch nicht, Schätzchen. Noch nicht.*

Trotz der großen Augen und der Zögerlichkeit ist sie derart aufgegeilt, dass ich riechen kann, wie sie es verströmt. Ihre Muschi ist feuchter als feucht, und dabei habe ich sie noch nicht mal berührt.

Sie schiebt einen Finger in sich, lässt dabei ein abgehacktes Stöhnen vernehmen, und ich höre, wie die Frau hinter uns scharf die Luft einsaugt. Kann ich ihr nicht verübeln – sie sieht über meine Schulter dasselbe wie ich, und es ist ein verdammt geiler Anblick.

Ich höre das leise Rascheln von Stoff, als sich meine Gäste bewegen. Das ist in Ordnung, absolut zulässig. Ich werde ihnen eine Show präsentieren, wie sie es noch nie zuvor erlebt haben.

»Zieh den Slip aus«, verlange ich. Diesmal reagiert Sloane auf Anhieb, streift ihn sich über die Hüften und strampelt ihn auf den Boden. Die Augen hat sie wieder geschlossen, was vorläufig in Ordnung ist, aber nicht von Dauer sein kann. »Mach die Beine breit.«

Als sie die Schenkel spreizt, presst meine Erektion gegen die Hose, bettelt darum, befreit zu werden. Mich überrascht, dass mir noch nicht schwindlig ist, weil so viel Blut in meinen Schwanz statt ins Hirn strömt. Es ist an der Zeit für die Tasche.

Ich stehe auf, gehe zur Tür und halte inne, als ich bemerke, dass sich unsere Besucher bereits vergnügen. Die Frau hat das Kleid bis zur Taille hochgeschoben, der Kerl hat die Finger tief in ihr vergraben. Den Schwanz hat er aus der Hose geholt, und er massiert ihn langsam, gemächlich zurückgelehnt.

Sloane gibt ein gedämpftes Seufzen von sich – sie hat einen flüchtigen Blick riskiert und mitbekommen, was die beiden treiben.

Es scheint sie nicht so zu schockieren, wie ich gedacht hätte. *Was für ein braves Mädchen.*

Ich schnappe mir die Tasche und eile zurück zum Bett, muss letztlich das Ruder übernehmen. Ich hole die erforderlichen Gegenstände heraus, vier robuste Ledermanschetten, und ich sehe, wie bei dem Anblick Erkennen in Sloanes Augen aufblitzt. O ja, sie weiß, dass es sich um dieselben Manschetten handelt, mit denen ich sie das letzte Mal gefesselt habe.

Sie benimmt sich äußerst artig, als ich sie an ihren Hand- und Fußgelenken anbringe und sie am Bett fixiere. Aus Sloanes Augen spricht ein gewisses Maß an panischem, verzweifeltem Vertrauen, das mir den Magen zusammenkrampft. Gott weiß, was ich getan habe, um es zu verdienen, aber es sollte nicht vorhanden sein.

Die Frau auf der Couch stöhnt leise, und Sloane dreht den Kopf, um sie zu beobachten. Der Mann hat die Tigermaske nach oben geschoben, kauert auf den Knien und schreitet zwischen den Beinen der Frau zur Tat. Sie streichelt dabei ihren Busen, was irgendwie heiß ist, und hat den Blick fest auf Sloanes ausgestreckten Körper gerichtet. Ich weiß, worauf diese Braut steht, weiß, was sie will – ich weiß nur nicht, ob Sloane die Einladung dazu aussprechen wird. Meine Hand taucht in die Tasche und zieht den Gegenstand hervor, den ich schon benutzen will, seit ich Sloane begegnet bin. Den Gegenstand, den ich letztes Mal schweren Herzens wegpacken musste: mein Messer. Blondie stöhnt erneut, als sie es sieht, aber Sloane wird auf dem Bett totenstill.

»Weißt du noch, wie es funktioniert?«, frage ich sie.

Sloane nickt, nur einmal. »Stillhalten«, flüstert sie.

Das wird einfach zu perfekt, ich merke es jetzt schon. Die meisten Frauen würden ungefähr jetzt zu kreischen beginnen. Sloane hingegen scheint bereit zu sein hinzunehmen, was ich vorhabe.

Ich habe lang genug gewartet, also entledige ich mich meiner Schuhe, meiner Hose und meiner Boxershorts, bis ich splitternackt neben dem Bett stehe. Ich nehme den Schwanz in die Hand und drücke ihn – was sich verfickt gut anfühlt –, und Blondie wiegt die Hüften ins Gesicht ihres Partners, den Mund vor Verlangen weit offen.

Sloane starrt abwechselnd auf die Dinge, die ich in den Händen halte – auf meinen Ständer und mein Messer, als wäre sie nicht sicher, wovor sie sich mehr fürchtet. Ich bedenke sie mit meinem grausamsten Grinsen, bevor ich ins Bett steige. Ihr Körper bebt, als ich die scharfe Klinge des Jagdmessers an ihrer Haut ansetze.

»Zeth«, flüstert sie.

Namen haben bei diesem Spiel nichts verloren; ich schleudere ihr einen warnenden Blick zu. Sie beißt sich auf die Unterlippe und nickt, um mir anzuzeigen, dass sie ihren Fehler verstanden hat. Ich habe ihr nie versprochen, dass ich ihr nicht wehtun würde. Aber ich bemühe mich zumindest um einen sanfteren Ausdruck in meinen Augen, damit sie weiß, ihr wird kein Leid angetan werden. Kein *richtiges* Leid.

Sie beobachtet mich aufmerksam, als ich den scharfen Stahl über ihren Körper führe. Über ihre Brüste, ihre Nippel, ihre Seiten hinab, über ihre Oberschenkel. Sie zittert so heftig, dass ich aufpassen muss, um sie nicht zu schneiden.

Die Frau auf der Couch fängt an aufzuschreien, als ich es tue. Sie taumelt dicht am Rand, ist knapp vor dem Kommen … Und Sloane scheint hin- und hergerissen zu sein, nicht zu wissen, ob sie das beobachten oder darauf achten soll, wohin ich das Messer führe. Ich drehe es in der Hand so herum, dass ich die Klinge halte, und schließe die

Finger um die höllisch scharfe Schneide. Ein vertrauter, greller Schmerz schießt durch meine Haut, und ich grinse. Ich lenke die Waffe mit dem Griff voraus zwischen Sloanes Beine.

Grauen erfasst sie eine Sekunde lang, bis sie begreift, dass es sich nicht um das scharfe Ende handelt. Ich treibe den Griff entschlossen in ihre nasse Pforte und wichse mich schneller, als ich sehe, wie sich das Gefühl in ihr festsetzt – sie mag verängstigt sein, aber es gefällt ihr. *Es gefällt ihr, verfickt noch mal.* Ich gehe aufs Ganze und schiebe den Griff tiefer in sie, bis zum Anschlag.

»Oh … *fuck.*« Sie wiegt sich dagegen, will die Hände in die Bettlaken krallen, aber sie tasten nur durch die Luft, weil die Manschetten ihre Bewegungsfreiheit einschränken.

»Das ist das Heißeste, was ich je gesehen hab«, murmelt Blondie und stöhnt. Der Mann hört auf, sie zu lecken, und dreht den Kopf, will sehen, wovon sie redet, und in seinen Augen blitzt etwas Düsteres und Animalisches auf – er ist genau wie ich, dieser Typ.

Er steht auf, packt die Frau grob und manövriert sie so herum, dass sie sich mit dem Rücken zu ihm auf seinen Kolben setzt. Beide beobachten, wie ich den Griff des Messers rhythmisch in Sloane gleiten lasse, während sie sich auf dem Bett stöhnend windet und krümmt. Ich hätte in tausend Jahren nicht gedacht, dass es dazu kommen würde. Ich hätte in tausend Jahren nicht gedacht, dass sie mich so nah an sich heranlassen würde. Dass es Wirklichkeit geworden ist, finde ich zugleich erregend und verstörend. Wenn sie mich das mit ihr machen lässt, wo wird sie die Grenze ziehen? Denn das … das ist noch gar nichts für mich.

Ich ziehe das Messer heraus und umklammere es ein letztes Mal kräftig, so kräftig, dass ich spüren kann, wie das Metall etwas tiefer in meine Haut schneidet, dann werfe ich das Ding, so fest ich kann. Im Augenblick muss es weit von mir weg. Das Messer bohrt sich zwei Meter entfernt in die Wand und vibriert von der Wucht, mit der ich es geschleudert habe.

Von meiner Hand tropft Blut, und Sloanes Körper wölbt sich mir entgegen, fleht mich förmlich darum an, genommen zu werden. Ich sauge an der Wunde – sie ist tief und erstreckt sich über meine gesamte Handfläche. Der Kupfergeschmack tänzelt über meine Zunge. Ich beuge mich über Sloane, senke die Lippen zu ihrem Ohr.

»Was meinst du, Schätzchen? Willst du mit unseren Freunden spielen?«

Ein kehliges Seufzen dringt stotternd aus ihrem Mund. »Ich … ich weiß nicht.«

»Es wird Spaß machen, ich versprech's.« Ihr Blick begegnet dem meinen, und wieder bemerke ich es – Vertrauen. Ich wünschte, das hätte ich nicht gesehen.

»Okay«, flüstert sie. Ich drehe mich und gebe der Blondine ein Zeichen, bevor es sich Sloane anders überlegen kann.

SLOANE

Die Frau steigt von ihrem Partner, als wäre er gar nicht mehr da. Ich kämpfe, um die Kontrolle zu bewahren, kämpfe, um meine Panikreaktionen in mir zu behalten, während sich Zeth splitternackt auf die Fersen zurücksetzt.

Er fährt weiter mit der Hand seinen Schaft auf und ab und beobachtet mit strenger Miene, wie ich mich auf dem Bett verrenke. Ich weiß, dass die meisten Kerle in diesem Augenblick den Verstand verlieren würden – zwei Frauen, eine nackt ans Bett gefesselt, die andere auf dem Weg zu ihr und bereit, weiß Gott was zu tun. Ein kleiner Teil von mir schüttelt innerlich den Kopf und seufzt vor Enttäuschung darüber, wie sich dieser Abend entwickelt. Es ist derselbe Teil, der dagegen war, dass ich die Strümpfe und die dazu passende Unterwäsche überhaupt erst angezogen habe.

Der größere Teil von mir jedoch jubelt, weil ich diese Entscheidung selbst getroffen habe. Ich bin nicht dazu genötigt worden, weil ich hinter etwas her war, sondern habe es getan, weil ich es *wollte*.

Ich wollte jene Nacht im Hotel schon lange noch einmal erleben, war jedoch bisher nie mutig genug, es mir einzugestehen. Aber Zeth, mit seiner konfrontationsfreudigen Natur, hat es aus mir herausgekitzelt. Er ist mein Schöpfer. Und er hat ein Monster erschaffen.

Mich entsetzt zutiefst, dass mir die Sache mit dem Messer gefallen hat. Wie er es an mir benutzt hat, ließ mich vor Grauen und Verlangen schlottern, eine Kollision von zwei so mächtigen Emotionen, dass ich selbst nicht wusste, welche Richtung ich einschlagen würde – hinein in die Ekstase oder weg davon, aus voller Kehle schreiend.

Und jetzt das …

Ich bin noch nie zuvor mit einer anderen Frau zusammen gewesen. Aber so, wie die Blondine ins Bett kriecht und Zeth dabei einen besitzergreifenden Blick zuwirft, vermute ich stark, dass es nicht *ihr* erstes Mal ist.

Zeth lächelt. Es ist ein abartiges Grinsen, so sexy, dass es meine Haut zum Lodern bringt. Dann weicht er zurück, macht Platz für sie.

Die Blondine taucht ab und leckt an meiner Muschi, liebkost sie zärtlich und sachte mit der Zunge, nicht wie Zeth, als er es damals getan hat. Er hat sich wild an mir gelabt wie ein Löwe, der über seine Beute herfällt, während sie entschieden sinnlicher vorgeht. Trotzdem erweist sich ihre Zunge als verdammt überzeugend. Ihre Augen beobachten mich dabei, ich hingegen beobachte Zeth.

Er schenkt mir dieses Grinsen, das meine Knie zum Schlottern bringt, und berührt sich weiter selbst, völlig ohne Scham. Er besitzt seinen Körper, trägt seine Haut mit derart unverhohlenem Selbstvertrauen, dass ich mich unwillkürlich genauso fühlen möchte.

»Willst du die Hände frei haben?«, fragt er mich.

Ich nicke. Er steht auf und löst die Manschetten, die meine Handgelenke am Bett fixieren. Dabei beugt er sich so über mich, dass seine Erektion nur Zentimeter von meinem Mund entfernt ist. Ich will ihn lecken. Ich will ihn blasen. Ich will ihn so unbedingt im Mund haben, dass meine Lippen vor Erwartung zu kribbeln beginnen. Allerdings kommt mir das zu gewagt vor, also drehe ich den Kopf und schabe stattdessen mit den Zähnen über seinen starken Oberschenkelmuskel. Er lacht leise und blickt auf mich herab.

»Du wirst betteln müssen, bevor das passiert, Schätzchen.«

Mit befreiten Händen wäre es ein Leichtes, einfach nach oben zu greifen und ihn zu packen, doch ich weiß intuitiv, dass ich mir damit einen Riesenärger einhandeln würde.

Stöhnend lasse ich den Kopf zurück aufs Bett fallen.

Die Frau, die meine Klitoris leckt, stöhnt ebenfalls, als sie einen Finger in mich schiebt. Das Gefühl ist riesig, überwältigend, beängstigend und erregend, hauptsächlich deshalb, weil Zeth über mir ist und mit der Hand seine Erektion bearbeitet, während er eingehend meine Reaktion beobachtet. Ich hatte vorher schon gedacht, aufgegeilt zu sein, doch das ist eine völlig andere Stufe. Es ist verzehrend und kraftvoll, ein verzweifeltes Verlangen, ihn zufriedenzustellen. Ich fasse nach unten und vergrabe die Hände im Haar der Frau, wölbe ihr die Hüften entgegen, während sie ihre Finger in mich stößt.

Ihren Partner habe ich völlig vergessen. Erinnert werde ich an seine Anwesenheit im Zimmer erst, als er sich dem Bett nähert, mittlerweile splitternackt. Zeth schleudert ihm einen wilden, animalischen, warnenden Blick zu, und der Mann nickt, als verstünde er haargenau, was ihm Zeth vermitteln will. Er steigt hinter seiner Gefährtin aufs Bett – die sich immer noch ausschließlich auf mich konzentriert – und stößt von hinten in sie.

Der Frau entringt sich ein Schrei, und sie hört kurz zu lecken auf, bevor sie weitermacht. Der Mann fängt an, sie zu ficken, während er auf meinen nackten, vor ihm ausgebreiteten Körper starrt.

Die Blondine hebt eine Hand und schabt mit den Fingernägeln Zeths Seite entlang nach unten, zielt auf seinen Schritt ab. Er weicht mit einem irritierten Ausdruck im Gesicht zurück, dann klatscht er ihr so heftig auf den Hintern, dass es sogar mir die Tränen in die Augen treibt. Sie schreit erneut auf, diesmal lauter und von Schmerz erfüllt.

»Das ist nicht für dich«, klärt er sie mit knurrendem Unterton auf. Er blickt wieder auf mich herab, und

Scheiße, ich will ihn. »Nur für sie. Und nur wenn sie darum bettelt.«

Die Frau scheint es nicht weiter zu stören, dass Zeth für sie völlig tabu ist. Sie vergräbt das Gesicht tiefer zwischen meinen Schenkeln und saugt an meinem Kitzler, bringt meine Beine vor Lust zum Beben. Es fühlt sich unglaublich an, trotzdem ist es nicht das, wonach ich mich so verzweifelt sehne. Ich sehne mich verzweifelt nach *ihm*. Ich weiß auch, was ich tun muss, um zu bekommen, was ich will, und ich habe meinen Frieden damit geschlossen.

Er will, dass ich bettle … also werde ich betteln.

Er will, dass ich ihn anflehe … also werde ich es tun.

Denn im Augenblick weiß er, dass er mich um den kleinen Finger gewickelt hat … und genau so will ich es. Ich bin krank. Ich bin verblendet. Ich bin verloren. Ich bin sein.

»Zeth …« Die Worte klingen wie ein Omen, wie das Läuten einer Totenglocke, das mein Schicksal besiegelt. »Ich will dich. Nur dich. Bitte … nimm mich in Besitz.«

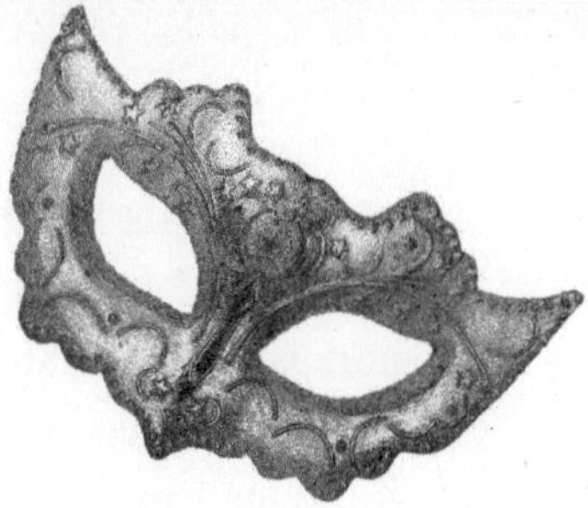

ELF

ZETH

Sie bettelt mich an. Sie bettelt, und ich erkenne den Moment, in dem sie sich mir ausliefert. Es ist ein verflucht herrlicher Moment.

Ihre Brust hebt und senkt sich heftig, ihre Augen sind groß, ihre sinnlichen Lippen sind geschürzt und warten nur darauf, geküsst zu werden. Ich überrasche mich, indem ich um ein Haar gegen meine Regel verstoße und mich hinabbeuge, um es zu tun – dabei habe ich keine Frau mehr auf den Mund geküsst seit … tja, seit einer Ewigkeit. Es ist so lange her, dass ich mich nicht an das Gesicht derjenigen erinnern kann, die als Letzte das Vergnügen hatte. Ist einfach zu intim. Schon im Krankenhaus war ich so verflucht knapp davor, dass ich ihr stattdessen eine Heidenangst einjagen musste. Mir ist bewusst, dass ich in Gegenwart dieser Frau unbesonnen bin – ich hab bloß keinen Schimmer, warum.

Kaum hat Sloane die Worte ausgesprochen, stoße ich Blondie von ihr weg und befreie Sloanes Fußgelenke.

Der Kerl hämmert weiter in die Frau, und beide scheinen völlig darin aufzugehen, aber Sloane nimmt sehr bewusst wahr, was um sie herum passiert. Ich hebe sie hoch und trage ihren nackten Körper aus dem Zimmer. Als sich ihre Arme um meinen Nacken schließen, sich an mir festklammern, fängt mein Herz wie wild zu hämmern an. Es ist, als hätte es die letzten 33 Jahre lang in meiner Brust geschlummert und Staub angesammelt und würde nun zum allerersten Mal *richtig* schlagen. Das Gefühl ist besorgniserregend. Ich weiß nicht, was ich damit anfangen soll. Das Einzige, was mir einfällt, ist, mich davor zu verstecken.

Der Korridor ist hell erleuchtet, und überall reiben Gruppen von Leuten die Körper aneinander. Sloane sieht es und vergräbt das Gesicht an meiner Brust, als ob sie befürchtet, ich würde sie hinaustragen, um sie herumzureichen. Klar, habe ich auch schon gemacht, aber mit dieser Frau wird das nicht passieren. Sie gehört mir.

Ich trage sie zu einer Tür gegenüber, die immer, immer, immer verschlossen bleibt – es ist das erste Mal überhaupt, dass ich jemand anderen hineinlasse. Nachdem ich den Code auf dem Tastenfeld eingegeben habe – praktisch, wenn man keine Taschen für Schlüssel hat –, schwingt die Tür auf, dann sind wir drin. Das ist der Raum, in dem ich schlafe, wenn es nicht etliche Leute auf jeder horizontalen Fläche in der Wohnung miteinander treiben.

Kaum habe ich sie drinnen, geraten die Dinge ein bisschen schneller in Bewegung, als ich vielleicht gehofft habe. Wäre Sloane irgendein anderes Spielzeug, mit dem ich mich vergnüge, würde ich Stunden damit verbringen, es hinauszuzögern und die jeweilige Frau aufzugeilen, aber ich … ich *kann* einfach nicht.

Ihr eine Scheißangst einjagen? Mit meinem Verhalten jage ich gerade *mir selbst* eine Scheißangst ein. Zum einen fessle ich sie nicht mal, was sonst eine Grundvoraussetzung für mich ist. Irgendetwas daran, wie sie die Arme um meinen Hals geschlungen hat, bringt mich um den Verstand.

Ich werfe sie in der Dunkelheit auf mein Bett und tue, wonach ich mich schon sehne, seit sie in dem kleinen Schwarzen mit ihrer Arzttasche in der Hand durch die Tür hereinspaziert ist.

Ich drehe ihren nackten Körper herum und ziehe ihre Hüften zu mir hoch, packe ihre Hände und fixiere sie hinter ihrem Rücken. Dann versenke ich meinen Schwanz so tief in ihr, dass sie nach Luft ringt.

»Fuck, Zeth!« Sie schreit meinen Namen mit zur Seite gedrehtem Kopf und wird in die Matratze gepresst, als ich mich in ihren Leib ramme. Ich schwöre bei allem, was gut auf dieser Welt ist, dass es wie Musik in meinen verdammten Ohren klingt.

Danach gibt es kein Halten mehr. Ich tue es. Ich besorge es ihr. Ich ficke sie so hart, dass es in meinen Ohren zu summen anfängt. Wusste gar nicht, dass es so etwas gibt.

Der Geruch, den sie verströmt, zeugt von purem Sex, von purer Begierde, so berauschend, dass ich die Finger in ihre Haut bohren muss, um nicht zu schnell zu kommen. Als ich es letztlich tue und uns beiden den Höhepunkt gestatte, ist mir danach zumute, laut aufzuheulen. Stattdessen brülle ich, ein geballter Laut, der aus meiner Brust hervorschießt wie ein Projektil aus einer Pistole. Nur bin ich nicht die Pistole. Ich bin das Opfer.

Als ich keuchend auf ihren Körper sinke, fühlt es sich an, als wäre ich erneut angeschossen worden. Der Moment gleicht einer außerkörperlichen Erfahrung, und Sloane ist das Einzige, was verhindert, dass ich zur Decke hochschwebe. Ich gebe sie frei und lasse mich neben ihr auf den Rücken plumpsen, starre geschockt in die Dunkelheit empor.

Sie rollt sich auf die Seite und atmet auf eine befriedigte Weise aus, die mir verrät, dass ich den Nagel wirklich auf den Kopf getroffen habe.

Und ich bin so wütend, dass ich daran zu ersticken drohe.

ZWÖLF

SLOANE

Was soll das?

Ich wache in einem Bett auf, und es ist nicht meines. Ich rolle die Zehen ein und beuge die Finger, hebe die Arme über den Kopf und strecke mich so genüsslich wie noch nie. Mein gesamter Körper vibriert wohlig, als hätte ich gestern im Fitnesscenter ein hartes Training absolviert, doch ich weiß, das habe ich nicht. Ich war den ganzen Tag im Krankenhaus, und dann …

Oh.

Nein.

Ich erstarre im Bett. Plötzlich fällt mir wieder ein, wo ich bin. Bei ihm. In seinem Bett. Mit seinem Schweiß überall an meinem Körper. Und … und … O mein Gott! Und mit dem Schweiß irgendeiner wildfremden *Frau*. Was … *was zum Teufel hab ich mir nur dabei gedacht?*

Mit einem Ruck setze ich mich auf, bin bereit, auf den Mann einzudreschen, der mich in diese Lage – und viele andere in der vergangenen Nacht – gebracht hat … aber er ist nicht da. Ich bin allein im Bett, in einem merkwürdig sterilen, leeren Raum. Schwaches Sonnenlicht scheint durch die Fenster herein, und von Zeth fehlt jede Spur.

»Mistkerl.«

Ich schieße aus dem Bett und habe mein Kleid schon halb angezogen, bevor mir klar wird, dass er es aus dem anderen Zimmer geholt haben muss. Meine Strümpfe und der Strumpfgürtel erwarten mich sorgfältig zusammengelegt auf der Kommode am Fußende des Bettes, meine Arzttasche steht auf dem Boden an der Tür.

Ich stopfe die Strümpfe und den Strumpfgürtel in die Tasche und frage mich, wo zum Teufel mein BH und mein Slip sind. Wahrscheinlich für immer verschwunden. Wutentbrannt eile ich aus dem Zimmer.

Die Wohnung sieht aus, als ob eine Bombe eingeschlagen hätte. Leere, mit Lippenstift verschmierte Gläser stehen auf jeder Fläche, achtlos abgeworfene Kleidung übersät den Boden durch den gesamten Korridor. Auf dem Weg zum offenen Salonbereich kicke ich etwas golden Funkelndes beiseite und murmle zornig bei mir.

»Dumm ... so verflucht dumm. Ich hasse ihn so sehr ...«

Die Wohnung hat sich völlig geleert, abgesehen von einem einzigen Mann, der am riesigen Panoramafenster die Stadt betrachtet – Zeth. Er steht mit dem Rücken zu mir, doch ich weiß, dass er längst gehört hat, wie ich mich nähere.

Ich greife mir das Erstbeste in Reichweite und werfe damit nach ihm. Die Champagnerflöte verfehlt ihn knapp und zerbirst an dem Stützbalken neben seinem Kopf. Er zuckt zusammen, als wäre gerade eine Granate explodiert.

In seinen Augen schwelt ein dunkles Feuer, als er sich langsam umdreht, die Hände an den Seiten zu Fäusten geballt. *»Was ... verfickte Scheiße noch mal ... stimmt nicht ... mit dir?«*

Ich schnappe mir ein weiteres Glas und werfe es. Diesmal ziele ich genauer. Zeth duckt sich gerade noch rechtzeitig, um einer ernsten Gesichtsverletzung zu entgehen.

»Letzte Nacht! Das stimmt nicht mit mir!« Ich drehe mich um … Ich brauche noch ein Glas.

Stattdessen entdecke ich einen zurückgebliebenen schwarzen Lack-Pump. Der Absatz sieht tödlich aus. Ich schleudere ihn, grunze dabei vor Anstrengung, und der Schuh trifft ihn mit voller Wucht in die Brust. Zeths Gesicht gleicht einer finsteren Gewitterwolke. Er brodelt bereits und wird mit jeder verstreichenden Sekunde wütender.

»Was ist mit letzter Nacht?«, zischt er.

»Das Bett? Die Fesseln? Die …« Ich schließe die Augen und schüttle den Kopf. Ich kann nicht fassen, dass es wirklich passiert ist. *»Die Frau.«*

Seine Mundwinkel zucken, als würde ihn mein Wutausbruch geradezu belustigen. Gleichzeitig jedoch sieht er aus, als könnte er mich jeden Moment brutal ermorden. Er stapft auf mich zu, wirkt tödlich, ein gefährliches Raubtier.

Ich greife mir ein weiteres Glas – diesmal ein Whiskeyglas. Unten schwerer, schärfere Kanten. Mit aller Kraft werfe ich es auf ihn, doch er weicht mit einem Schritt zur Seite mühelos aus, kommt weiter auf mich zu.

»Warst du betrunken?«

»Was?«

»Letzte Nacht. Warst du da betrunken?«

»Nein.«

»Warst du high?«

»Nein!«

»Dann hör auf, mit Scheiß nach mir zu werfen. Und hör auf, so zu tun, als hättest du nicht jede Sekunde davon genossen!«

»Ich …« Hitze schießt mir in die Wangen. Er hat recht. Er hat so recht, dass ich am liebsten weinen würde. Aber das darf ich ihn nicht sehen lassen. Ich muss schleunigst hier raus. »Wo ist meine Unterwäsche, Zeth?«

Mittlerweile ist er noch einen Meter entfernt und verringert den Abstand zwischen uns weiter. Gegenüber gestern Nacht hat er modisch eine 180-Grad-Wende vollzogen und trägt eine tief hängende Jeans und ein schlichtes weißes T-Shirt. Irgendwie war ich davon ausgegangen, er würde um jeden Preis immer nur Schwarz tragen – die Farbe seiner Seele.

»Die behalte ich«, teilt er mir mit.

»Äh … Das glaube ich nicht. Die Sachen sind von Provocateur.« Ich bewege mich nach links, als er mir näher rückt, bringe einen schmalen Zierständer zwischen uns. In seine Züge tritt ein kaltes Lächeln – abwägend, berechnend.

»Willst du leugnen, dass du sie für mich getragen hast?«

Er hat mich erwischt. Ich zucke mit den Schultern, versuche krampfhaft, mich daran zu erinnern, wie man sich ungezwungen gibt. »Und weiter?«

»Wenn eine Frau etwas für mich trägt, dann wird es *mein,* Sloane.«

»Wow. Dann musst du ja einen ganzen Wandschrank voll Nutten-Unterwäsche haben.«

»Mehrere Wandschränke«, entgegnet er. »Viele. Brechend voll.«

Mir wird schlecht. »Vergiss es. Weißt du was? Behalt sie. Ich bin zu müde, zu wund und zu durcheinander, um mir das mit dir jetzt anzutun. Ich muss nach Hause.«

Plötzlich fällt mir ein, dass ich heute die Nachtschicht habe, und meine Stimmung sackt ein paar Etagen tiefer. Ich werde zwölf Stunden im Krankenhaus verbringen, mich herumschleppen und jede Sekunde der vergangenen

Nacht erneut durchleben, während Zeth vor … vor *wem auch immer* damit prahlen wird, dass er es mir erneut besorgt hat. Ich bin so eine Idiotin.

»Wie verfickt typisch«, faucht Zeth.

»Was?«

»Du. Denn du lässt deine Scheiße an mir aus. Ich hab gestern Nacht nicht mehr getan, als dir zu zeigen, wer du in Wirklichkeit bist. Dafür kannst du nicht wütend auf mich sein.«

Kann ich, und ich *bin* wütend auf ihn. »Ich denke, du siehst nur, was du sehen willst. Ich bin nicht auf der Suche nach sexueller Erleuchtung. Ich bin auf der Suche nach meiner Schwester. Ich bin fertig damit, dich vergeblich zu fragen, was du weißt, und ich bin fertig damit, deine Spielchen mitzuspielen. Vielleicht entwickelst du ja eines Tages spontan ein Gewissen, dann wirst du zu mir kommen und es mir sagen, weil es das Richtige wäre.«

Ich hole tief Luft, gehe auf die Wohnungstür zu und verlasse mich darauf, dass er mir nicht folgt. Er tut es auch nicht, aber es gelingt ihm, das letzte Wort an sich zu reißen.

»Ein Gewissen bringt einen in meiner Branche um, Sloane. Und das Richtige zu tun, bewirkt oft dasselbe.«

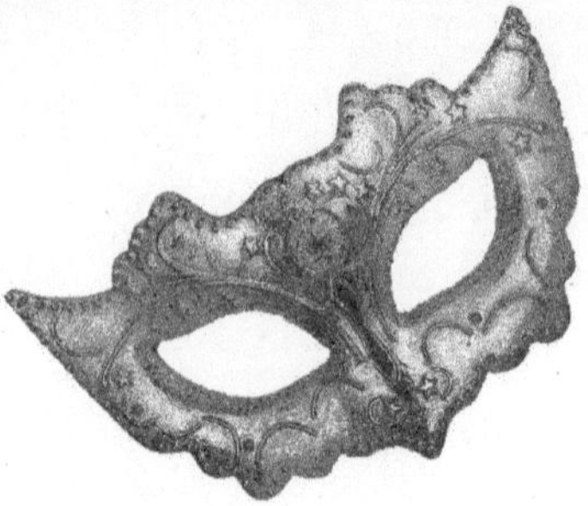

DREIZEHN

ZETH

20 Minuten. Ganze 20 Minuten halte ich durch, bevor ich bereit bin, die Wohnung in Trümmer zu legen. Allerdings ist sie von gestern Nacht bereits in wüstem Zustand, und Ganya wirft mir ständig arschige Blicke zu, seit er zum Aufräumen eingetroffen ist.

Sieht so aus, als hätten meine Gäste mächtig die Sau rausgelassen, obwohl ich nichts davon mitbekommen habe. Ich war stundenlang in dem dunklen Raum versteckt und habe auf *sie* gewartet, hatte nicht mal ansatzweise Interesse, bei den anderen mitzumachen. Seit Sloane wieder auf der Bildfläche erschienen ist, kommt mir alles total verkehrt vor.

Was alles ihre beschissene Schuld ist.

Und dann hat die Frau noch den Nerv, Zeug nach mir zu werfen. Ich hätte ihren Arsch einfach vor die Tür verfrachten sollen, als ich alle anderen rausgeworfen habe. Nein, streichen wir das … Ich hätte sie gar nicht erst hereinlassen sollen.

»Brauchst du heute Morgen irgendwas von mir, Boss?«

Michael, verstohlener Meuchelmörder, der er ist, hat die Wohnung geräuschlos betreten. Ich vergrabe die Hände in den Haaren und starre finster durch das Fenster auf die Stadt hinaus. Warum tue ich mir das an? Es ist mir doch gut gegangen. Mehr als das, ich bin rundum glücklich gewesen, verfickt noch mal. Vor zwei Jahren, nachdem ich mit Sloane geschlafen hatte, bin ich weggerannt, so schnell ich konnte. Weil ich es wusste. Weil ich *verdammt noch mal* wusste, dass genau das passieren würde – und jetzt habe ich den Salat.

»Ja.« Ich seufze. »Schick eine E-Mail an die Gruppe. Gib Bescheid, dass alle künftigen Zusammentreffen bis auf Weiteres abgesagt sind.«

Das ist so eine Scheiße. *Sie* hat die ganze Sache völlig ruiniert. Denn wenn ich jetzt daran denke, eine Frau zu ficken, die nicht Sloane ist, fühlt es sich nur schal an. Sinnlos. Aber ich bin nicht verliebt in die Frau. Bin ich nicht. Sie hat bloß etwas an sich, das ich brauche.

Ich vergesse die Skyline und richte meine üble Laune auf Michael. Er ist kein Mann großer Worte. Das mag ich an ihm. Aber heute muss er überhaupt nichts sagen. Seine Gedanken stehen ihm überdeutlich ins Gesicht geschrieben. Der Mistkerl hält die Lage für saukomisch.

»Und du kannst dir auch das Grinsen aus dem Gesicht wischen«, herrsche ich ihn an.

»Ich grinse nicht, Zee. Ich beobachte nur gerade etwas, von dem ich nicht gedacht hätte, dass ich es je bezeugen würde.«

»Was laberst du da für Müll?« Ich hätte im Augenblick nicht übel Lust auf einen Kampf – die Faust in etwas zu rammen würde mir jetzt guttun. Aber Michael ist einfach nur Michael. Außerdem sind wir uns zu ebenbürtig für eine schnelle Keilerei. Ich müsste mich ganz schön ins Zeug legen, um ihn niederzuringen. Er grinst mich an, als wüsste er haargenau, was mir durch den Kopf geht.

»Nur diese Frau. Und du. Und die Absage deiner monatlichen Partys. Sagt 'ne Menge aus, das ist alles.«

»Es sagt gar nichts aus. Hör … *hör einfach auf, so zu grinsen.* Hast du schon was von Rufus gehört?«

Michael beerdigt sein Lächeln und wird dienstlich. »Ja, hab ich. Er sagt, es ist eine Meldung von Julio zurückgekommen. Die Beschreibung, die du rausgegeben hast, passt auf eine junge Frau, die von einer seiner Einrichtungen aus arbeitet.«

»Arbeitet?« Ich weiß, was das bedeutet. Julio ist einer der größten Zuhälter in Kalifornien. Seine Einrichtungen sind im ganzen Land, ach Scheiße, auf der ganzen Welt für die kranke Scheiße bekannt, die dort abläuft.

Michael nickt. *»Arbeitet.«*

Scheiße. Ich sollte einfach so tun, als hätte ich diese Information nie gehört. Julio ist keiner, mit dem man sich leichtfertig anlegt, und wenn Sloanes Schwester die vergangenen zwei Jahre dort gewesen ist, dann ist sie nicht mehr dieselbe, an die sich Sloane erinnert. Sie wird inzwischen ein völlig anderer Mensch sein.

»Benji hat mir ein Foto geschickt, das er schießen konnte, als er gestern dort war. Willst du's sehen?«, fragt Michael.

Benji war früher einer von Charlies Leuten, jung und dumm. Dann wurde er vor die Tür gesetzt, weil er einen in seiner Freizeit begangenen bewaffneten Raubüberfall total in den Sand gesetzt hatte. Drei Blocks von dort entfernt, wo er gewohnt hat. Charlie hielt das für entschieden dämlich. Schließlich scheißt man nicht dort, wo man isst und so weiter.

»Er hat ein Foto geschossen? Verrückter Scheißer. Julio bringt ihn um, wenn er rausfindet, dass er ein Handy in seine Mauern mitgenommen hat.«

Michael zuckt mit den Schultern. »Der Bursche arbeitet hier und da für die Mexikaner. Sie vertrauen ihm eine

Spur mehr als den anderen Wichten, die sie als Laufburschen benutzen.« Während Michael redet, scrollt er auf seinem Smartphone. Er findet, wonach er sucht, und zeigt es mir.

Auf dem Display ist eine verschwommene Aufnahme einer jungen Frau mit wüstem, schokobraunem Haar. Sie trägt ein weites T-Shirt, in dem ihre zierliche Gestalt untergeht, und ihr Gesicht ist nur halb der Kamera zugedreht. Trotzdem erkenne ich auf Anhieb, dass es sich um Sloanes Schwester handelt. Scharf stoße ich den Atem aus.

»Ist sie das?«

»Ja. Ja, das ist sie eindeutig.«

»Wie willst du vorgehen?«

»Verdammt vorsichtig.«

Charlie und Julio waren früher mal Rivalen. Vor ungefähr drei Jahren ist Charlie für eine Woche verschwunden und hat mich aufgefordert, zu Hause zu bleiben, was an sich schon merkwürdig genug war. Und als er zurückkam, war alles eitel Wonne mit den Mexikanern. Zu dem Zeitpunkt war ich verteufelt misstrauisch – eine solche Übereinkunft entspringt in der Regel ausschließlich Geschäften, und Charlies Drogen und Waffen werden nach Süden statt nach Norden verschoben.

Aber ich bin kein bescheuerter Vollpfosten. Ich hab gelernt, die Klappe zu halten, statt gefährliche Fragen zu stellen. »Wenn wir da runterfahren, wird Charlie davon erfahren.«

Michael denkt darüber nach. Der Kerl besteht nicht nur aus Muskelmasse – auch sein Hirn kann verdammt tödlich sein. Manchmal schätze oder mag ich das nicht, andererseits hat er immer einen Rat zur Hand, vor allem wenn es um solchen Kram geht.

»Sag dem Alten, dass du vorbeischaust. Und sag Charlie, du fährst runter, um Familie zu besuchen. Wenn du noch drei Wochen wartest, wird er wissen, dass du eine Dosis Pussy brauchst. Dann würd's logisch erscheinen, dass du Julio besuchst.«

Ich brumme. Charlie weiß, dass die einzige Familie, die ich auf der Welt und erst recht in Kalifornien habe, die abgetakelte Ehefrau des Onkels ist, der mir früher den Arsch blutig geprügelt hat. Aber vielleicht könnte es funktionieren. Wenn ich es richtig angehe.

»Willst du ein Team mit runternehmen?«

»Scheiße, nein. Wenn ich dort mit einer Horde Jungs auf der Matte stehe, kommen wir nicht mal durch die Eingangstür. Nein, das muss im kleinen Rahmen bleiben.«

»Du könntest 'ne Frau mitnehmen.«

Ich sehe ihn mit hochgezogener Augenbraue an und presse die Knöchel an die Lippen. »Wie meinst du das, 'ne Frau mitnehmen?«

»Damit würde er rechnen. Klingt so, als würde ihm Charlie ständig Frauen schicken. Überwiegend sucht er Jungfrauen aus, aber gelegentlich nimmt er auch eine Braut mit ein bisschen Erfahrung. Er schickt sie an Julio, um sie gegen Profit runter nach Los Angeles weiterzureichen. Die Freier dort sind weniger anspruchsvoll. Denen geht am Arsch vorbei, wie viele Schwänze eine Schnalle bereits geritten hat.«

Ich könnte also behaupten, Charlie hätte mich mit einer Frau zu ihm geschickt? Als ich darüber nachdenke, krampft sich mein Magen zusammen. Die Erste, die mir in den Sinn kommt, ist Lacey, aber das könnte ich nie, nie, *nie* von ihr verlangen. Auf gar keinen Fall. Sie ist so schon genug durch den Wind. Nein.

Und die einzige andere Option wäre Sloane, was genauso inakzeptabel wäre. Auch wenn es nur gespielt wäre und es nicht dazu kommen sollte, dass sie jemand anfasst, ist es zu riskant. Was, wenn etwas schiefgeht? Was, wenn Julio eine Kostprobe will? Das würde ich nicht dulden. Und dann würden wir beide draufgehen.

»Wird nicht funktionieren, Michael. Wir müssen einen anderen Weg finden.«

Er diskutiert nicht weiter darüber. Einen Moment lang stehen wir betreten schweigend da, bis er die Hände in die Taschen steckt. »Na dann, Boss. Sonst noch was?«

»Ja. Da wäre noch was.« Scheiße. *Verfickte, ausgekotzte Schifferscheiße.* Das ist womöglich die mieseste Idee, die ich überhaupt je hatte, aber … Nein. Mir fällt dafür nicht mal ein Vorwand ein. Ich bin einfach nur ein Idiot. »Du musst los und jemanden für mich aufsuchen.«

»Die Frau von gestern Nacht?«

»Ja. Sie. Du musst ihr etwas geben.«

Ich krame zusammen, was Michael überbringen soll, und er bricht auf. Kaum hat sich die Tür hinter ihm geschlossen, würde ich am liebsten hinter ihm herstürmen und ihm eine aufs Maul verpassen, weil er mich nicht darauf hingewiesen hat, wie vollkommen bescheuert ich mich aufführe. Darin ist er normalerweise gut, aber diesmal hat er einfach akzeptiert, was ich ihm gesagt habe, und ist gegangen. Was zum seligen Henker hat *das* wieder zu bedeuten?

Statt ihm nachzujagen, krame ich mein Handy hervor und rufe ihn an. Ich beobachte ihn unten auf der Straße, als er spürt, wie sein Smartphone vibriert. Er bleibt stehen, schaut zum Fenster hoch, zieht das Telefon aus der Tasche und nimmt den Anruf entgegen.

»Anders überlegt?«

Ich presse die Lippen aufeinander und schließe die Augen. Das verändert alles. »Nein. Nur … nur weich ihr nicht von der Seite, bis sie tut, was ich verlange, okay? Lass sie *nicht* aus den Augen.«

VIERZEHN

SLOANE

»Dr. Romera? Sloane? He, Sloane.«

Ich schüttle den Kopf, bringe mein Hirn mit einem inneren Tritt wieder in die Gänge. Mikey, der Assistenzarzt, steht händeringend vor mir. Das elende Grauen, das alle Assistenzärzte erleben, ist mächtig und lähmend, und Mikey scheint es voll und ganz gepackt zu haben. Er blinzelt mich an, und mir wird klar, dass er mich etwas gefragt hat.

»Was gibt's, Mikey? Haben Sie einen meiner Patienten umgebracht?« Wahrscheinlich sollte ich darüber nicht scherzen – immerhin wäre es durchaus möglich. Mike wirkt auch ein wenig grün um die Nase, was meinen plötzlich misstrauischen Verstand nicht unbedingt beschwichtigt.

»Ich … Am Empfang ist ein Kerl, der will zu Ihnen. Er wartet schon seit 30 Minuten. Die Pflegerinnen haben gesagt, sie würden Sie nicht anpiepsen, wenn es um keinen Notfall geht und er kein Angehöriger ist. Und dann wollte Gracie Sie nicht anpiepsen, weil der Mann sie belogen und sich als Ihr Bruder ausgegeben hat.«

Ich schnaube, als ich mir vorzustellen versuche, wie Zeth als mein Bruder durchzugehen versucht. »Woher hat sie gewusst, dass er lügt?«

Mikey druckst herum und schaut im Gang immer wieder zurück. Er kann es kaum erwarten, zu verschwinden.

»Na, vor allem weil er schwarz ist und Sie es nicht sind.«

Schwarz? Ich stelle meinen Kaffeebecher neben mir ab und hefte die Aufmerksamkeit plötzlich zu 100 Prozent auf den nervösen jungen Burschen vor mir. Er tritt von einem Bein aufs andere, steckt mich mit seiner Nervosität an.

»Er hat gesagt, wenn ich nicht in zehn Minuten mit Ihnen zurückkomme, fackelt er meinen VW Jetta ab, Sloane. Meinen Sie ... Gäbe es vielleicht irgendeine Möglichkeit, dass wir ...« Er deutet mit dem Daumen über die Schulter und zuckt zusammen.

Mein Besucher mag nicht Zeth selbst sein, aber wenn er damit droht, jemandes Auto in Brand zu stecken, dann hat er zweifellos mit Zeth zu tun.

Stöhnend mühe ich mich auf die Beine – das wird mühsam werden. Mikey rennt praktisch zurück zum Empfang und schaut immer wieder über die Schulter zurück, um sich zu vergewissern, dass ich ihm auch wirklich folge.

Als wir ankommen, schleudert Grace einen zutiefst missbilligenden Blick in Mikeys Richtung. Indem er mich geholt hat, ist er ihr in den Rücken gefallen, und das ist so ziemlich das Letzte, was man hier tun sollte. Grace ist die Herrscherin und Aufseherin dieser Welt. Für Mikey wäre es vermutlich besser gewesen, er hätte sich von seinem Auto verabschiedet.

Auf einem roten Klappstuhl im Wartebereich sitzt Michael, der Türwächter von gestern Nacht. Er wartet geduldig, die Hände auf dem Schoß gefaltet.

In seine hellbraunen Augen tritt Leben, als er mich erblickt. Er steht auf und kommt auf mich zu. Sein ausgesprochen schöner grauer Anzug – das kann unmöglich ein Designermodell sein – betont seine mokkafarbene

Haut perfekt. »Miss Romera.« Höflich neigt er den Kopf. »Mr. Mayfair hat mir gesagt, dass ich Sie hier finden würde.«

»Mr. Mayfair?«

Etwas flackert in Michaels Augen – Neugier flammt darin auf und verschwindet prompt wieder. »Zeth. Er hat mich gebeten, herzukommen und Ihnen das zu geben.« Aus der Brusttasche holt er einen schwarzen, versiegelten Umschlag hervor, nur mit einem schwungvollen S in Gold adressiert.

Mit skeptischer Miene nehme ich ihn von Michael entgegen. Die meisten Menschen hätten einfach eine SMS geschickt. Aber nein – nicht Zeth *Mayfair*. Der Nachname kommt mir entschieden zu gewöhnlich für ihn vor.

Michael schenkt mir ein freundliches Lächeln – wie er auf mich so beruhigend wirken kann, ist mir ein völliges Rätsel. Er ist der Typ Mann, vor dem andere Männer die Beine in die Hand nehmen und wegrennen, was das Zeug hält, während sie gleichzeitig um ihr Leben betteln.

»Wissen Sie, was da drin ist, Michael?« Ich schwenke den Umschlag hin und her – etwas Schweres und Hartes bewegt sich darin, und ich kann bereits fühlen, worum es sich handelt. *Dieser arrogante, manipulative …*

»Ja«, lässt mich Michael wissen.

»Will ich es wissen?«

»Mr. Mayfair hat darauf bestanden, dass ich hier warte, bis ich bezeugt habe, wie Sie die Anweisungen in seinem Brief befolgen.« In seinen Augen schimmert Belustigung, als er mir das mitteilt. Fast so, als hätte er Spaß an der Wut, die sich über mein Gesicht ausbreitet.

Dafür habe ich keine Zeit. Ich brauche das nicht. Ich reiße das teure, geriffelte schwarze Papier auf und fische die Nachricht darin heraus, die auf einem genauso dicken und luxuriösen Blatt steht. Viele Worte sind nicht auf das Papier gekritzelt, aber sie haben es in sich.

Sloane,
nimm diesen und gib Michael den Schlüssel zu deiner Wohnung. Er bringt ihn dir innerhalb einer Stunde zurück.
Z

Habe ich vorhin gesagt, dass ich wütend war? Streichen wir das. *Jetzt* bin ich wütend. *Jetzt* sehe ich rot. Er denkt, er kann einfach so den Schlüssel zu meiner Wohnung verlangen? Er denkt, ich würde ihn mir nichts, dir nichts dem vielleicht einschüchterndsten Mann aushändigen, der mir, abgesehen von Zeth selbst, je über den Weg gelaufen ist? Pah!

»Jetzt steigen wir aber mal auf die Bremse, Freundchen«, herrsche ich Michael an.

Mittlerweile grinst er unverhohlen, lässt strahlend weiße Zähne aufblitzen, lacht sogar verhalten.

»Wieso zum Teufel glaubt er, ich würde mich darauf einlassen?«

»Weil ich heute Morgen von einem seiner Kontakte gehört habe – Rufus. Und Zee denkt, Sie würden vielleicht dankbar für die Information sein, die uns Rufus freundlicherweise mitgeteilt hat. Es geht um eine Frau, nach der Sie womöglich suchen …«

Ich schließe die Faust um den Schlüssel, der sich noch im Umschlag befindet. Meint … meint er das *ernst?*

»Erst vor fünf Stunden hat Zeth gesagt, er werde mir nicht helfen«, murmle ich.

»Er sagt viel. Der Trick ist, herauszufinden, wann er die *Wahrheit* sagt. Er sucht schon eine Weile nach ihr. Nicht seit dem Hotel, aber …«

O mein Gott, ich glaube, ich muss mich übergeben. »Sie *wissen* davon?«

»Mr. Mayfair hat mir nur das mitgeteilt, was er für unerlässlich gehalten hat. Ich musste wissen, nach wem ich für ihn die Augen offen halte. Aber Sie dürfen ihm nicht verraten, dass ich es Ihnen gesagt habe. Sonst lande ich in sechs handliche Teile zerlegt auf dem Grund der Docks, bevor ich zweimal blinzeln kann.«

Auf einmal wird mir alles zu viel. Es überwältigt mich. Ich wanke zu den Stühlen im Warteraum und setze mich, vergrabe das Gesicht in den Händen. Mein Herz pumpt auf Hochtouren … *Endlich, endlich, endlich, endlich …*

Endlich.

Michael setzt sich neben mich, lässt mich die Neuigkeiten verdauen.

Ich lege den Kopf schief, schließe die Augen und versuche, die Tränen im Zaum zu halten. »Rufen Sie ihn an«, flüstere ich mit belegter Stimme. »Ich muss mit ihm reden.«

Wieder blitzen diese außergewöhnlich weißen Zähne auf. »Sie können ihn selbst anrufen, Miss Romera. Er hat seine Kontaktdaten auf Ihrem Handy gespeichert, bevor er es Ihnen zurückgegeben hat.«

Ich hole das Handy aus der Tasche meiner Montur und überprüfe sofort, ob es stimmt. S, T, U, V, W, X, Y … Mein Finger verharrt über dem Touchscreen.

Z.

Da ist es. Ein einziger Buchstabe, gefolgt von zehn Ziffern.

Mein Herz. Gott, mein Herz weiß nicht, was es davon halten soll. Ich tippe auf die Anruf-Schaltfläche und behalte Michael argwöhnisch im Auge. Allein der Wählton genügt, um Schweiß auf meinen Handflächen ausbrechen zu lassen. Es klingelt einmal, zweimal …

Kurze Stille …

»Hast du's getan?«

Am anderen Ende einer Telefonverbindung hört sich diese Stimme noch tiefer an – ein Knurren, ein grollendes Vibrieren, das in mir den Wunsch weckt, die Beine zusammenzupressen, um zu verhindern, dass sich Verlangen zwischen ihnen einnistet. »Was getan?«, flüstere ich.

»Spiel nicht mit mir, Sloane.«

Schon stelle ich mein Glück bei ihm auf die Probe, und dabei haben wir noch kaum zwei Worte miteinander gewechselt. »Na schön«, gebe ich mich geschlagen. »Nein, habe ich nicht. Ich kann nämlich wirklich nicht behaupten, dass ich den Schlüssel zu deiner perversen Sexbude will oder brauche.«

»Es ist nicht der Schlüssel zu meiner perversen Sexbude«, entgegnet er, und mich verblüfft das Geräusch eines Lachens in seiner Stimme. Es ist der betörendste Laut, den ich je gehört habe. »Es ist der Schlüssel zu meinem Zuhause. Und wenn du den Schlüssel zu meiner Wohnung hast, ist es nur recht und billig, wenn ich den zu deiner habe.«

»Und was, wenn ich das nicht will?«

»Keine Ahnung. Ich weiß nicht, wie diese Realität aussieht.«

Genau. Glaub ich aufs Wort. Ich wette, er hat nie auch nur in Erwägung gezogen, ich könnte seine Forderung ablehnen.

»Aber stell dir folgende Frage, Sloane. Stell dir die Frage, ob du dich davon abwenden willst. Ob du mich aus deinem Leben haben willst. Vergiss Alexis und Eli und wie wir beide uns kennengelernt haben. Denk stattdessen darüber nach, was letzte Nacht passiert ist. Du hast zu dem Zeitpunkt schon gewusst, wer ich bin, hast es *haargenau* gewusst. Du hast gewusst, worauf ich stehe. Und du hast entschieden, so mit mir zusammen zu sein.«

Schweigend wartet er. Seine langsame, gleichmäßige Atmung jagt mir Schauder über den Rücken, als ich tue, was er von mir verlangt: Ich denke darüber nach.

Dieser Weg kann nur zu Ärger führen. Ein so gefährlicher Mann wie Zeth, verstrickt in Gott weiß, was und mit wem … Erst vor *drei Wochen* wurde er angeschossen, um Himmels willen. Das ist nichts aus seiner fernen Vergangenheit. Das ist etwas überaus Aktuelles.

»Außerdem ist der Bursche verschwunden, der sich um Laceys Verletzungen gekümmert hat«, fügt er leise hinzu. »Ihre Verbände müssen gewechselt werden. Du willst doch nicht, dass ich das mache, oder? Ich habe sehr dreckige Hände.«

»Ja, ich weiß alles über deine dreckigen Hände«, feuere ich zurück und erröte ein wenig, als mir verspätet einfällt, dass Michael nach wie vor neben mir sitzt. »Was würde passieren, wenn ich Nein sage?«

»Dann hätten wir ein Problem. Du hast dich mir ausgeliefert. Du bist mein. Das kannst du nicht rückgängig machen.«

»Ich bin sicher, dir haben sich schon viele Frauen ausgeliefert. Du kannst ja eine von ihnen ficken.«

»Von jetzt an werde ich niemanden mehr außer dir ficken, Schätzchen.«

»Du meinst, bis es dir langweilig wird?«

»Bis ich angeschossen werde und mich nicht mehr davon erhole. Bis du deinen Scheiß packst und vor mir wegläufst. Aber lass mich dir eins sagen, Sloane. Das Weglaufen kannst du dir sparen. Ich bräuchte dich nur zu finden und zurückzuholen. Bleib hier und sei mit mir zusammen. Du wirst es nicht bereuen.«

Gerade schien es einen Moment lang, als versuchte er, süß zu klingen, warum also muss er gleich eine Drohung hinterherschicken? Und warum erregt mich dieses Gefühl von Gefahr so sehr? Ich habe den Eindruck, mir könnten selbst ein paar Sitzungen mit Pippa nicht schaden. »Okay.«

»Okay?«

Ich stoße die angehaltene Luft aus, dann hole ich den Schlüssel aus dem Umschlag – er ist klein, aus Messing, ein Schlüssel für ein Vorhängeschloss. Meine Finger schließen sich um ihn und spüren, wie sich die scharfkantigen Zacken in meine Handfläche bohren. Ich bin eine dumme, eine sehr dumme Frau.

»Okay, Zeth. *Fein.* Ich habe deinen dämlichen, beschissenen Schlüssel in Besitz genommen.« *Und du hast mich in Besitz genommen.* Ich habe immer noch keine Ahnung, warum er mich unbedingt haben will, aber ich zweifle nicht an ihm. Zeth vergeudet seine Zeit nicht. So viel weiß ich bereits über ihn. Wäre er nicht aufrichtig interessiert, würde er sich nicht solche Mühen aufhalsen. Dann wäre ich inzwischen längst auf dem besten Weg, zu einer vergessenen Eroberung zu werden.

»Und du gibst deinen Schlüssel Michael?«

»Ja. Ja, ich geb ihn Michael, ich schwör's.«

Ein verruchtes Knurren dringt über die Leitung und fährt direkt in mein Ohr – meine Lider schließen sich zuckend. Ich weiß nicht, was ich getan habe. Ich weiß nicht, wem ich zugestimmt habe, trotzdem fühle ich mich erleichtert. So, so erleichtert.

Ich habe schon todkranke Patienten erlebt, die das durchgemacht haben. Sie kämpfen und kämpfen so lange, weigern sich hartnäckig aufzugeben. Und dann, wenn man ihnen mitteilt, dass es sinnlos ist und es nichts mehr zu tun gibt, außer loszulassen … dann finden sie ihren Frieden. Das ist das Meer der Kapitulation, in dem ich gerade treibe. Es ist tief, und es wird nicht lange dauern, bis ich nicht mehr treibe, sondern versinke. Ewig versinke.

»Sloane?«

»Ja?«

»Ich dachte mir, du solltest wissen …«

Und dann sagt er die zwei Worte, von denen ich dachte, ich würde sie niemals hören. Zwei Worte, die mein Herz zerspringen lassen.

»Sie lebt.«

FÜNFZEHN

ZETH

»Zeth! Zeth! Wach auf!« Etwas Kleines, Hartes pikt mir in die Rippen. Ich zucke zusammen und weg von der Berührung. Innerhalb von zwei Sekunden rolle ich mich aus dem Bett, packe denjenigen, der mich anfasst, und hole mit der Faust aus, bereit zuzuschlagen. Gerade noch rechtzeitig gelingt es mir, sie zu bremsen – die Person, die so dumm war, ein Zimmer zu betreten, in dem ich schlafe, ist in Wirklichkeit gar keine Person. Es ist ein Besenstiel.

In meinen Knien explodieren Schmerzen, weil ich auf ihnen gelandet bin, als ich mich aus dem Bett gerollt habe, mein Herz hämmert wie die Kolben eines Motors, der auf Hochtouren läuft.

Das ist nicht er. Das ist nicht er. Alles in Ordnung. Atme.

Blinzelnd starre ich den Besenstiel an und versuche, die Angriffsbefehle abzubrechen, die noch immer durch meinen Kopf rotieren.

»Zeth.«

Die Stimme klingt fest. Ruhig. Bestimmt. Ich löse den Blick von dem hellen Holz, das mittlerweile auf dem Boden zu meinen Füßen liegt, und erblicke Lacey, die am Eingang steht. Der Gürtel ihres abgewetzten rosa Frottee-Bademantels ist fest um die Taille zusammengezogen. Das Teil ist schon total fadenscheinig, aber die Frau will ihn einfach nicht aussortieren. Ihre Haut ist dermaßen blass, dass sie wie ein verfluchter Geist aussieht.

Sie weiß, dass sie mich nicht stören soll, wenn ich in meinem Zimmer bin und die Tür geschlossen ist – also muss etwas los sein. Die Frau ist schlau. Schlau genug, um mir aus der Ferne mit etwas in die Seite zu piken, statt sich mir am Bett zu nähern. Gleichzeitig ist es ziemlich würdelos, allerdings nehme ich lieber Würdelosigkeit in Kauf, als sie zu verletzen.

Plötzlich wird mir klar, dass ich nackt bin. Ich schlafe immer nackt. Langsam richte ich mich aus meiner defensiven Haltung auf und hefte einen fragenden Blick auf Lacey. »Was ist los?«, presse ich hervor.

Sie zuckt mit keiner Wimper darüber, dass ich nackt wie bei meiner Geburt bin. Sie zuckt auch mit keiner Wimper darüber, dass ich Menschen im Schlaf angreife. Wir wissen, dass wir nicht gegenseitig in unseren Leben herumstochern, nicht an Stellen graben, an denen wir nicht erwünscht sind. Sie versteht das. Sie hat ihre Scheiße, und ich habe definitiv meine.

»Ich kann nicht schlafen. Fühl mich nicht so besonders«, flüstert Lace. »Haben wir Schmerzmedikamente da?«

Lebt man mit einer Mitbewohnerin zusammen, die sich umzubringen versucht hat, ergreift man gewisse Vorsichtsmaßnahmen, bevor sie zurück nach Hause kommt. Codein im Arzneischrank? Paracetamol? Messer in der Küche? Bleichmittel unter der Spüle? Tja, hab ich nicht. Jedenfalls nicht mehr. So lange nicht mehr, bis ich mir sicher bin, dass Lacey wieder auf klarem Kurs ist.

Ich tappe barfuß zu meinem Nachttisch und nehme die Packung Tylenol, die ich dort verwahre, um meine Kater einigermaßen zu bewältigen. Die können nämlich verflucht brutal sein, je nachdem, wie hart ich mich bestraft habe oder wie schlimm die Albträume sind. Ich drücke zwei Pillen aus der Blisterverpackung und steuere auf Lacey zu, biete sie ihr mit ausgestreckter Hand an. Sie verdreht die Augen.

»Echt jetzt, Zee, du bist so ein Spast.«

»Selber Spast.« Finster starre ich sie an. Sie weiß, dass ich ihr die Scheiße, die sie abgezogen hat, noch nicht verziehen habe, trotzdem hat sie nicht gesagt, dass es ihr leidtut. Wird sie auch nie. Ich würde alt und grau werden, bevor das passiert.

Tatsächlich vermute ich, ein Teil von ihr erwartet die Worte von *mir: Tut mir leid, Lace. Tut mir leid, dass ich deinen undankbaren Arsch schon wieder ins Krankenhaus geschleift habe. Tut mir leid, dass ich dir das Leben gerettet habe.*

Aber was soll ich sagen? Drauf geschissen. Im Augenblick ist sie ein egoistisches Miststück. Ich beobachte, wie sie die Tabletten einwirft und trocken runterschluckt. Und dann übertrete ich eine Linie.

»Warum, Lace?«

Sie erspart es sich, so zu tun, als wüsste sie nicht, wonach ich frage. All die Ärzte im Krankenhaus – jeder einzelne muss ihr dieselbe Frage gestellt haben. Sie klemmt sich eine wirre Strähne hinters Ohr und zupft am Aufschlag ihres Bademantels. Ich habe eine stillschweigende Vereinbarung zwischen uns beiden gebrochen.

Aber sie weiß es. Sie weiß, dass sie mich nicht einfach abschütteln kann. Sie weiß, dass sie mir irgendwas sagen muss, sei es die ganze Wahrheit oder nur die halbe.

Sie legt die Stirn in Falten. Zorn flammt in ihren Augen auf. »Kennst du das, wenn du mitten in der Nacht aufwachst und dein Herz rast? Wenn sich der Traum so echt anfühlt, dass du noch alles spüren kannst, als würde es über deine Haut kriechen, und noch alles in den Ohren hören kannst? Wenn du nicht mal die verfickten Augen zumachen kannst, ohne zu Tode verängstigt zu sein?«

Ich verharre regungslos wie Marmor, mustere sie aufmerksam. Sie weiß, dass ich genau das jede Nacht erlebe, es aber nicht zugeben werde. Scheiße, nein. Ich werde nie wieder zugeben, dass ich Angst habe. Nie wieder.

Lacey akzeptiert mein Schweigen. »Tja, ich fühle das nicht mehr, Zeth. Ich träume … und ich wache auf … und … und ich hab keine Angst mehr. Ich hab mich damit abgefunden. Mein *Körper* hat sich damit abgefunden. Irgendwas stimmt überhaupt nicht mit mir«, flüstert sie. Aus ihren Augen spricht ein Grauen, das ich nur zu gut verstehe. Was immer mit ihr passiert ist, irgendwann hat ihr Körper den finstersten Verrat von allen an ihr begangen: Er hat angefangen, es zu genießen.

»Sterben ist das Einzige, wovor ich neuerdings Angst habe«, haucht sie. »Und ich muss Angst haben. Ich halte es nicht aus, mich so zu fühlen wie … wie ich mich eben fühle. Da will ich lieber tot sein.«

Mit ihrem abgefuckten Bademantel, den zerzausten Haaren und den gequälten blauen Augen sieht sie wie ein verirrtes Kind aus. Ich schaue weg und nicke.

»Was brauchst du?«, frage ich. Umarmen kann ich sie nicht. Ich kann sie nicht festhalten. Es gibt Dinge, die kann ich tun, und andere, die kann ich nicht tun. Will ich nicht tun.

»Nichts«, teilt sie mir mit. »Du hast schon genug getan.« Ihr Gesicht nimmt einen leeren Ausdruck an, als sie auf meine Brust starrt. »Diese Ärztin wollte, dass ich mich mit ihrer Freundin treffe. Hat gesagt, die würde mir helfen.«

»Und was hast du ihr gesagt?«

»Die Wahrheit. Dass es keinen Sinn hat. Man kann nichts reparieren, das nicht mal mehr ansatzweise ist, wie es früher war. Ich fühle mich kaum noch menschlich, Zeth. Ich bin wie einer dieser Abdrücke, die in Pompeji zurückgeblieben sind. Meine äußere Form ist noch vorhanden. Die Umrisse des Menschen, der ich mal war. Aber der Rest von mir ist weg. Ich werde ihn nie zurückbekommen. Ich bin nur noch Asche und Stein.«

SLOANE

Ich höre das Klopfen an der Tür, obwohl das Radio auf ohrenbetäubende Lautstärke gedreht ist. Da ich weit und breit keine Nachbarn habe, muss ich mir nie Sorgen über Klagen wegen Lärmbelästigung machen.

WUMM-WUMM-WUMM.

Das Hämmern lässt praktisch das Glas in den Fensterrahmen erzittern, die in der Ferne eine Aussicht auf die Stadt bieten.

Ich halte beim Zusammenlegen der Wäsche inne. Es ertönt erneut.

WUMM-WUMM-WUMM!

Wer immer es ist, derjenige wird allmählich ungehalten.

Sofort gehe ich vom Schlimmsten aus, nämlich davon, dass *er* es ist. Dann jedoch fällt mir ein: Zeth hat einen Schlüssel. Er würde sich einfach selbst Zugang verschaffen, wenn er es wäre. Wieso noch mal habe ich mich damit einverstanden erklärt?

In Socken rutsche ich den Flur entlang und greife mir den Baseballschläger, der immer an der Wand hinter der Eingangstür lehnt. Ich spähe durch den Spion, und mein Magen sackt mir zu den Knien. Während ich auf der Unterlippe kaue, drehe ich den Schläger in der Hand.

Er mag einen Schlüssel haben, aber aus irgendeinem Grund drischt Zeth um zehn Uhr vormittags an meinem einzigen freien Tag in dieser Woche auf meine Tür ein. Das Glas des Türspions verzerrt sein Gesicht, und er sieht stinksauer aus. Wie ein zorniger Riese.

»Sloane. Wenn ich selbst reinkommen muss und dich da drin finde, werden die Dinge mächtig unangenehm.« Er brüllt die Worte nicht. Er spricht sie im Plauderton, als wüsste er genau, dass ich auf der anderen Seite der Tür stehe und ihn anstarre. Er richtet den Blick direkt auf den Spion und zieht eine Augenbraue hoch.

Scheiße.

Ich öffne die Tür, funkle ihn an. »Was willst du hier? Hättest du nicht eine SMS oder so schicken können?«

Seine Mundwinkel entwickeln ein Zucken, und mir wird klar, dass er sich bemüht, nicht zu grinsen. Sein Blick fällt auf den Baseballschläger in meiner Hand.

»Hätte ich gekonnt. Habe ich aber nicht.«

»Tja, hättest du tun sollen.«

»Ich wollte sehen, wo du wohnst.« Er setzt ein verhaltenes Lächeln auf, und ich weiß, was es bedeutet.

Zeth wusste längst, wo ich wohne. In dem eng anliegenden schwarzen T-Shirt, einer Lederjacke und einer Jeans, die sich genau an den richtigen Stellen an seinen Körper schmiegt, sieht er verboten heiß aus. Dunkles Haar, dunkle Augen, dunkle Kleidung … Fast überrascht mich, dass er sich bei Tageslicht nach draußen gewagt hat.

»Wenn ich dich nicht hereinbitte, bleibst du dann einfach auf der Schwelle stehen?« Für den Spruch fühle ich mich besonders selbstgefällig. Zeth legt erneut die Sache mit der Augenbraue hin und betritt das Haus.

»Du hältst mich für etwas direkt aus einem Horrorfilm, oder?«

»Na ja, ein Märchen ist das wohl kaum, oder?«

»Könnte es sein. Wenn du es zulässt.«

»Ach ja? Und wer sollst du sein? Mein Märchenprinz?«

Darüber schnaubt er. »Nein, dummes Weib. Ich bin der große böse Wolf.« Mit einer unverhohlenen Neugier, die seine raubtierhafte Ausstrahlung nicht im Geringsten abschwächt, sieht er sich um. Am ehesten wirkt er, als würde er nach den Ausgängen Ausschau halten, sich alle möglichen Fluchtwege einprägen. Natürlich nicht für sich selbst. Für mich. Weil er sich fragt, in welche Richtung ich fliehen werde.

»Was willst du hier, Zeth?«

»Hab ich dir schon gesagt. Ich wollte sehen, wo du wohnst.«

»Nein, wolltest du nicht.«

»Ach ja? Kennst du mich schon so gut?« Er ergreift einen Bilderrahmen, betrachtet ein Foto von Alexis und mir im Sommerlager. Wir gleichen uns wie ein Ei dem anderen, lächeln, alle beide mit Zahnspangen. Er sollte nicht hier sein. Er sollte meine Sachen nicht anfassen, keine banalen Dinge tun, zum Beispiel meine ungeöffnete Post durchsehen, die auf der Arbeitsfläche in der Küche liegt.

»He. Könntest du das wohl lassen?«

»Du lebst hier allein.«

»Ja.«

»Gut.« Er untersucht die Umgebung weiter, verlässt die Küche, geht weiter ins Wohnzimmer. Der Raum ist ziemlich leer, enthält nur ein paar Bücherregale, die abgewetzten Ledersofas und einen winzigen Flachbildfernseher, den ich nie einschalte. Sein Blick verharrt auf meiner Gitarre, die in der Ecke an der Wand lehnt.

»Spielst du?«, frage ich ihn.

»Nein.« Schließlich dreht er sich um und richtet die Aufmerksamkeit endlich auf mich.

»Fertig rumgeschnüffelt?«

»Der einzige Raum, der mich wirklich interessiert, ist das Schlafzimmer, Sloane. Im Augenblick vergewissere ich mich lediglich, dass dein Haus sicher ist. Und das ist es.«

»Ich weiß. Als ich eingezogen bin, hab ich Tausende Dollar dafür ausgegeben, alles einbruchsicher zu machen. Und wenn du nichts dagegen hast, ich hätte jetzt Hausarbeit zu erledigen.«

Zeth grinst, als wäre die Vorstellung, ich könnte Hausarbeit machen, der komischste Scherz aller Zeiten.

»Diese Freundin von dir, die Ärztin«, sagt er. »Ich will sie kennenlernen.«

»Was?«

»Ich will sie kennenlernen.«

»Warum?«

»Damit ich mir ein Urteil bilden kann, ob sie Lacey helfen könnte.«

Ob sie Lacey helfen könnte? Das muss ich einen Moment sacken lassen. Bittet er gerade um Hilfe für seine Freundin? Ich hätte in tausend Jahren nicht gedacht, dass er darauf zu sprechen kommen würde. Hauptsächlich weil die Frau hartnäckig keine Hilfe zu wollen scheint. Egal was sie mir im Krankenhaus versprochen hat – ich bin von genug Leuten belogen worden, um zu wissen, wann mir bloß gesagt wird, was ich hören will.

»Meine Freundin heißt Pippa. Und wieso zum Teufel sollte ich dir helfen?«

Ein draufgängerisches Lächeln zieht einen von Zeths Mundwinkeln nach oben. »Pippa, wie?« Er sieht aus, als würde er sich über einen Insiderwitz amüsieren.

Langsam durchquert er das Wohnzimmer. Auf einmal strahlen seine Züge Gefahr und Zerstörungswut aus. Ich habe das Gefühl, gejagt zu werden. Als er mir näher kommt, weiche ich zurück, doch die verdammte Wand bremst mich nach nur drei Schritten.

Zeth beugt sich zu mir herunter. Sein Nasenrücken streicht über meine Kieferpartie, als er tief einatmet. Mich inhaliert. »Du wirst mir aus vier Gründen helfen.«

Seine Hände legen sich auf meine Hüften, arbeiten sich langsam über meinen Körper vor, lassen sich Zeit, bis er die Gesäßtasche meiner Jeans erreicht, hineinfasst und mein Handy hervorzieht.

Ich verharre dabei die ganze Zeit wie zur Salzsäule erstarrt. Er berührt mich gerade. Er berührt mich, und es ist helllichter Tag.

»Erstens«, sagt er und bricht den Blickkontakt ab, um auf das Display meines Handys zu schauen. »Du wirst Pippa anrufen, weil ich es von dir verlangt habe. Das ist der einzige Grund, den du ab sofort brauchen wirst.« Er drückt die Tasten, dann scrollt er mit leicht gerunzelter Stirn über den Touchscreen.

»Zweitens: Du wirst Pippa anrufen, weil du Ärztin bist und Lacey helfen willst.«

Er drückt die Anrufschaltfläche und hält mir das Smartphone entgegen. Ich nehme es von ihm an, leicht benommen, weil er mir so nah ist und ich praktisch berauscht von seinem Geruch bin. Und auch, weil ich nicht ablehnen kann. Er ist bereits zu gebieterisch, zu mächtig, zu selbstsicher. Ich zweifle nicht mal daran, dass ich tun werde, was er mir sagt. Das Telefon beginnt an meinem Ohr zu klingeln.

»Drittens: Du wirst tun, was ich verlange, weil ich entschieden habe, dir zu helfen. Ich helfe dir, Alexis zu finden.«

Er legt mir einen Finger an die Lippen, um mich davon abzuhalten, etwas zu sagen, bevor ich ein Wort herausbringen kann. Weder *Danke* noch *Wird auch verfickt noch mal Zeit*. Nichts.

»Und viertens ...« Er presst die Lippen zusammen, klemmt sie sich zwischen die Zähne, und ich weiß, ich bin verdorben. Ich bin für jeden anderen Mann auf dem Antlitz der Erde verdorben. Wieder beugt er sich heran, presst die Lippen an meine Ohrmuschel. Ich zittere schon, bevor seine Hand vorn unter meine Jeans gleitet. »Viertens, Sloane, werd ich dich gleich zum Kommen bringen. Und du wirst mir sehr dankbar dafür sein.«

Der Druck seines Zeigefingers und Mittelfingers, die mich teilen, die meine Schamlippen spreizen, um die Klitoris zu ertasten, lässt mich nach Luft schnappen.

»Bist du bereit?«

Ich spanne jeden einzelnen Muskel im Körper an. Ein abartiges Funkeln flackert in seinen Augen auf und fordert mich heraus, mich ihm zu widersetzen. Ich tue es nicht. Ich kann es nicht. Er lässt die Finger tiefer gleiten, schiebt sie in mich, den Blick fest auf meine Augen gerichtet.

Scharf sauge ich die Luft ein, kämpfe gegen den Drang an, die Augen nach oben rollen zu lassen.

»Sloane? *Sloane?* Bist du dran?«

Ich habe nicht mal mitbekommen, dass der Wählton in meinem Ohr verstummt ist. *»Scheiße.«*

»Ja, dir auch ein herzliches Hallo.« Pippa klingt leicht belustigt von meiner Begrüßung.

Zeth sieht ungefähr so bösartig aus, wie ein Mensch überhaupt aussehen kann, als er die Finger härter in mich stößt.

»Willst du, dass ich aufhöre?«, flüstert er.

Ich schüttle den Kopf.

»Dann fängst du besser zu reden an.«

Eine durchdringende Welle von Ekstase bringt meinen Körper zum Schaudern. Ich kann nicht mehr – ich schließe die Augen. Das war's. Er wird mein Ende sein. Ich kann es fühlen.

»Pippa, hi … Ich … ich muss dich um einen Gefallen bitten …«

http://calliehart.com

Callie Hart ist die US-Bestsellerautorin der BLOOD & ROSES-Serie, die zurzeit in mehrere Sprachen übersetzt wird. Nachdem sie sieben Jahre in Australien gelebt hat, wohnt Callie nun in Los Angeles. Sie wandert gerne, verbringt viel Zeit am Strand und besucht oft Yoga-Kurse.
»Dark Romance lässt dich den Anti-Helden lieben und deinen Geisteszustand in Frage stellen, weil dein moralischer Kompass verrücktspielt. Wenn du gute Geschichten über sehr böse Jungs liebst, dann ist Dark Romance genau das Richtige für dich.«

Bei Festa sind neben den Serien DIRTY NASTY FREAKS und BLOOD & ROSES weitere Veröffentlichungen geplant.

DIE ENDGAME-TRILOGIE

LESEPROBE

PROLOG

Die Party ist geradezu überlaufen mit Gästen, sie drängen sich vom Ballsaal bis in den Vorgarten. Es ist Nacht, aber das Gebäude ist taghell erleuchtet. Überall um mich herum funkeln Diamanten. Wir haben den Punkt erreicht, an dem jeder betrunken genug ist, um andauernd zu lächeln, aber noch nicht so schlimm, um zu lallen. Es sind fast schon zu viele Leute, fast schon zu viel Alkohol. Fast schon zu viel Vermögen an einem Ort versammelt.

Ich muss an Ikarus denken mit seinen Schwingen aus Federn und Wachs. Sofern Ikarus eine Abschlussfeier mit einer 500 Personen umfassenden Gästeliste hatte. Ich habe das Gefühl, der Sonne viel zu nahe zu kommen.

Von einem der Kellner schnappe ich mir eine Champagnerflöte, er wiederum tut so, als hätte er nichts bemerkt. Während ich einen Umweg durch die Küche mache, spüre ich ein sanftes Kitzeln in meiner Nase. Rosita steht am Herd, rührt in ihrer hoch gerühmten Jambalaya, die gemächlich in einem großen Eisentopf vor sich hin blubbert. Der Duft der Gewürze zieht mich magisch an.

Ich greife nach einem Löffel. »Ist sie schon fertig?«

Sie klopft mir auf die Finger. »Sie werden noch auf Ihr hübsches Kleid kleckern. Sie ist fertig, wenn sie fertig ist.«

Für jede unserer Feiern engagieren wir einen Partyservice, aber da es meine Abschlussfeier ist, hat sich Rosita bereit erklärt, mein Lieblingsessen zu kochen. Sie wird es in kleine, lockere Schalen aus Gebäck geben und es als Kanapee bezeichnen.

Ich versuche zu schmollen, aber dafür ist alles einfach zu perfekt. Nur eines fehlt. Ich gebe ihr einen Kuss auf die Wange. »Danke, Rosita. Hast du Daddy gesehen?«

»Wahrscheinlich ist er dort, wo er immer ist.«

Das habe ich befürchtet. Dann bin ich auch schon durch die Pendeltür, die in den Privatbereich des Hauses führt. Ich komme an Gerty, unserer Eventplanerin, vorbei, die was von Gästen murmelt, die nicht auf der Gästeliste stehen.

Ich steige die vertraute Eichentreppe hinauf, sauge den Duft unseres Hauses in mich auf. Irgendwas daran ist sehr beruhigend. Das wird mir alles fehlen, wenn ich auf dem College bin.

Oben höre ich Stimmen von Männern.

Das ist nichts Ungewöhnliches. Um die nächste Ecke liegt Daddys Büro. Es kommen ständig Männer für Besprechungen vorbei. Die Hälfte der Leute, mit denen er geschäftlich zu tun hat, befindet sich gerade unten. Aber er hat mir versprochen, heute nicht zu arbeiten, und ich werde ihn daran erinnern, und wenn ich ihn persönlich runterzerren muss.

»Wie können Sie es wagen, mich zu beschuldigen …?«

Die Feindseligkeit im Tonfall lässt mich auf dem Treppenabsatz verharren. Das klingt nicht wie ein normales Geschäftsgespräch. Manchmal wird es wegen Einzelheiten in einem Vertrag schon angespannt, aber davor und danach klopft man sich für gewöhnlich auf die Schultern und redet über Football.

Noch mehr wütende Worte, die vom Partylärm von unten verschluckt werden, verdächtig und unverständlich. Ich verschränke meine Finger ineinander, will gerade umkehren. Ich störe ihn besser doch nicht.

Ein Mann kommt um die Ecke, stößt beinahe mit mir zusammen.

Ich keuche erschrocken, trete einen Schritt zurück. Hinter mir ist nichts. *Die Treppe!* Dann packen zwei Hände meine Arme, ziehen mich auf festen Boden zurück. Ich erhasche nur einen kurzen Blick auf wütende, goldfarbene Augen, fast schon wie die einer Katze, auf alle Fälle wild. Dann stürmt der Mann an mir vorbei die Treppe runter. Mit zitternden Knien klammere ich mich an das geschnitzte Treppengeländer.

Es dauert eine Minute, bevor ich die Finger vom Holz lösen kann. Mein Atem zittert noch immer, wegen des Beinahe-Sturzes, wegen der Hände des Mannes auf meinen nackten Armen.

Ich gehe in Daddys Büro, er geht auf und ab. Er sieht mich mit einem seltsamen Ausdruck in den Augen an – fast als wäre er panisch.

»Daddy?«

»Da bist du ja, Avery. Es tut mir leid. Ich weiß, ich habe dir versprochen, heute nicht zu arbeiten …«

»Wer war das?«

Seine Miene verfinstert sich. Jetzt erst, im unheimlichen Licht der Lampe, bemerke ich die Falten in seinem Gesicht. Sie sind tiefer als jemals zuvor. »Mach dir seinetwegen keine Gedanken. Diese Nacht gehört dir allein.«

Nachdem ich damit angefangen habe, sein Aussehen genauer zu begutachten, kann ich nicht damit aufhören. Sein Haar. Nur noch Weiß. Keine dunklen Strähnen mehr darin. »Du weißt, ich brauche das alles nicht. Diese Party. Alles. Du musst nicht so viel arbeiten.«

Ein wehmütiges Lächeln huscht über sein Gesicht. »Was soll ich sonst tun, außer zu arbeiten?«

Ich zucke mit den Schultern, weil es egal ist. Der Vater meiner Freundin Krista spielt jeden Tag Golf. Harpers Mutter ist zum vierten Mal verheiratet. Alles ist besser, als sich jeden Tag hinter dem Schreibtisch zu verkriechen und vor Erschöpfung die Augen kaum offen halten zu können. »Du könntest ausgehen oder so was.«

Er lacht, wirkt wieder mehr wie er selbst. »Du bist die einzige Frau in meinem Leben, Kleines. Komm, mischen wir uns unter die Leute, bevor noch jemand auf die Idee kommt, alles auf den Kopf zu stellen.«

Mit dem Arm um meine Schulter zieht er mich an sich und ich kuschel mich unter seine Jacke. Ich rieche seinen beruhigenden Geruch: den schwachen Geruch von Zigarren, auch wenn er schwört, dass er aufgehört hat. Als wir an dem Schachbrett vorbeikommen, an dem wir gelegentlich gegeneinander spielen, lege ich meine Hand auf seine Schulter.

»Unsere Partien werden mir fehlen.«

Er gibt mir einen Kuss auf die Schläfe. »Nicht so sehr, wie du mir fehlen wirst.«

»Du könntest dir eine App für dein Telefon herunterladen. Wir könnten online spielen.«

»Ich habe schon genug Schwierigkeiten damit, mit dem verdammten Ding zu telefonieren«, entgegnet er lachend. Seine Miene verfinstert sich, als er den Text auf dem weißen Hintergrund liest. »Kleines, ich muss jemanden anrufen.«

Enttäuschung brennt meine Kehle hinab. Natürlich ist er ein beschäftigter Mann. Die meisten meiner Freunde kennen ihre Väter kaum. Ich habe Glück, dass er sich immer Zeit für mich genommen hat. Egal wie anstrengend seine Geschäfte sind, er findet immer Zeit für unsere Schachspiele. Jede Woche.

Ich küsse ihn auf die Wange, bemerke zum ersten Mal die Altersflecken auf seiner ledernen Haut.

Unten folge ich einem Lachen und finde Justin. Er lacht laut, hallend und ich vermute, er hat es geübt. Was auch immer der Grund ist, es ist ansteckend. Als ich den Raum betrete, grinse ich bereits.

Er hält mir die Hände entgegen. »Die Frau des Abends.«

Ich drücke mich an ihn, der Champagner in meinem Blut kitzelt und ich bin erleichtert, wieder unten zu sein. Was auch immer im Büro geschehen ist, es war ernst. Düster. »Ich habe nur nach Daddy gesehen.«

»Er arbeitet?«, riet Justin.

»Leider.«

»Nun, sieht so aus, als müsstest du dich mit mir zufriedengeben.« Er zwinkert dem Pärchen zu, mit dem er sich unterhalten hat. Ich kenne sie, ein berühmter Neurochirurg und seine Frau und zugleich die Eltern eines Mannes, der für einen Sitz im Senat des Staates kandidiert.

Ich stelle mich vor. Natürlich findet diese Party nicht nur statt, weil ich meinen Abschluss gemacht habe. Wie bei allen anderen Partys in der feinen Gesellschaft von Tanglewood geht es darum, Verbindungen zu knüpfen. Für meinen Vater. Für Justin, der große Pläne hat, genau wie sein Vater in die Politik zu gehen.

»Sie war die Zweitbeste des Jahrgangs«, erklärt Justin. »Sie hätten ihre Rede darüber hören sollen, wie die Dinge, die wir jetzt tun, die Mythen der Zukunft sind.«

Der Mann lächelt irgendwie nachsichtig. »Sie wird ein großer Gewinn für Sie sein, mein Junge.«

Ich bringe es fertig, mir nichts anmerken zu lassen, obwohl ich hoffe, mehr als nur ein Gewinn zu sein. Ich möchte seine Partnerin sein. Das weiß er, oder etwa nicht?

Justin verfügt über ein publikumstaugliches Lächeln, zu strahlend, zu weiß. Eines, das nichts bedeutet.

Als wir uns endlich verabschieden, tun mir vom andauernden Lächeln die Wangen weh.

Justin zieht mich hinter eine Trennwand, küsst meinen Hals. »Vielleicht können wir uns ja in dein Zimmer verziehen.«

»Oh.« Mir stockt der Atem. »Ich glaube, Daddy kommt bald runter ...«

»Er wird nichts erfahren«, murmelt er, seine Hände gleiten über mein Kleid, darunter. Man sieht uns nicht, aber man könnte uns ertappen. Mein Herz klopft. Seine Hände sind weich und fordernd – und aus irgendeinem Grund muss ich an den Mann auf der Treppe denken, wie er meine Arme festgehalten hat.

»Justin, ich ...«

»Komm schon. Du bist vor zwei Wochen 18 geworden.«

Ja, gut, das habe ich bisher als Ausrede benutzt. Weil ich mich nicht bereit gefühlt habe. Und es hat nichts damit zu tun, wie alt ich bin oder wie sehr ich Justin liebe. Würde doch nur meine Mutter noch leben. Wenn sie mir bloß die Geheimnisse verraten hätte, was es bedeutet, eine Frau zu sein. Das Internet ist ein Furcht einflößender Lehrer.

Ich drehe mich in seiner Umarmung, schiebe ihn auf Armeslänge von mir. »Ich liebe dich.«

Er runzelt die Stirn. »Avery.«

»Aber es ging nicht nur darum, dass ich 17 war. Es ist alles. Ich will ... ich will abwarten.«

Er verengt die Augen und ich bin sicher, er wird Nein sagen. Er wird davonstürmen. *Was, wenn ich alles versaut habe?*

Anscheinend entspannt er sich ein wenig. »Na schön.«

»Na schön?«

Er seufzt. »Ich bin nicht glücklich darüber, aber ich bin bereit zu warten. Du bist es wert zu warten.«

Es schnürt mir die Kehle zu. Ich weiß, es ist eine große Bitte, aber er ist der beste Freund, den ich mir nur vorstellen kann. Und Daddy mag ihn, was ein riesiger Bonus ist. Diesen Herbst fange ich am Smith College an, dieselbe Mädchenschule, auf die auch Harper geht. Alles ist perfekt.

So fühlt es sich in diesem Augenblick an, als würde ich fliegen.

Ich ahne nicht, dass es kein Jahr dauern wird, bis ich abstürze.

KAPITEL 1

Der Wind peitscht mir um die Knöchel, bauscht meinen schwarzen Mantel auf. An meinen Wimpern hängen schwere Tropfen. Auf dem kurzen Weg vom Taxi zum Hauseingang legt sich die Feuchtigkeit vom abgeflauten Regen auf meine Haut.

Geschnitzte Ranken und Efeublätter schmücken die Holztür.

Ich kenne mich ein wenig mit Antiquitäten aus, kann mir aber nicht einmal vorstellen, wie viel diese Tür kostet – besonders wenn man bedenkt, dass sie den Elementen und den Launen von Randalierern ausgesetzt ist. Vermutlich haben sogar Kriminelle einen gewissen Respekt und lassen die Höhle in Ruhe.

Offiziell ist die Höhle ein Herrenclub, die alte Sorte mit Zigarren und persönlichen Einladungen. Inoffiziell ist er ein Treffpunkt der mächtigsten Männer von Tanglewood. Gefährliche Männer. Kriminelle, auch wenn sie Anzüge tragen, während sie das Gesetz brechen.

Ein schwerer Messingtürklopfer in Form eines wütenden Löwen verscheucht jeden Besucher. Ich bin verzweifelt genug, diese Warnung zu ignorieren. Mein Herz klopft in meiner Brust, das Gefühl breitet sich aus, bis ich es in den Finger- und Zehenspitzen spüre. In meinen Ohren rauscht das Blut, ertränkt den Verkehrslärm hinter mir.

Ich packe den dicken Ring, schlage ihn gegen die Tür … einmal, zweimal.

Ein Teil von mir fürchtet sich vor dem, was jenseits dieser Tür mit mir geschehen wird. Ein lauterer Teil befürchtet, dass sie sich nicht öffnen wird. Ich kann keine Kameras entdecken, aber es muss welche geben. Wird man mich erkennen? Ich bin mir nicht sicher, ob das helfen würde. Wahrscheinlich ist es das Beste, wenn sie nur ein verzweifeltes Mädchen sehen, denn mehr bin ich im Moment nicht.

Ein sehr leises Kratzen ist zu hören. Dann öffnet sich die Tür.

Sofort ziehen seine Augen meine Aufmerksamkeit auf sich. Die Farbe von dunklem Bernstein – wie teurer Brandy und beinahe durchsichtig. Mir stockt der Atem, meine Lippen sind wie erstarrt, weigern sich, Worte wie *bitte* und *Hilfe* auszusprechen. Instinktiv weiß ich, sie sind nutzlos; das ist kein Mann, der so etwas wie Mitleid kennt. Der maßangefertigte Schnitt seines Hemds, dessen Ärmel er nachlässig aufgerollt hat, verrät mir, er wird einen Preis verlangen. Einen, den ich nicht aufbringen kann.

Es sollte eigentlich einen Bediensteten geben, denke ich. Einen Butler. Ist das in feinen Herrenclubs nicht so üblich? Oder vielleicht irgendeine Art von Sicherheitsmann. Sogar wir hatten eine Haushälterin, die an die Tür gegangen ist – zumindest vor unserem Absturz.

Bevor meine Welt auseinandergebrochen ist.

Der Mann sieht nicht so aus, als wollte er etwas sagen, mich hereinbitten oder wegschicken. Stattdessen sieht er mich vage neugierig an, mit einer Spur von Mitleid. So wie man ein Tier im Zoo ansieht. Wahrscheinlich betrachten diese Männer, die über Unmengen an Geld und mehr Macht als der Präsident verfügen, die ganze Welt auf diese Weise.

Wahrscheinlich habe ich die Welt früher auf dieselbe Weise betrachtet.

Meine Kehle ist wie zugeschnürt, als würde sich mein Körper zur Wehr setzen, obwohl mein Verstand weiß, es ist die einzige Option. »Ich muss mit Damon Scott sprechen.«

Scott ist der berüchtigtste Kredithai der Stadt. Er handelt mit großen Summen und genau die brauche ich jetzt. Wir sind uns schon einmal begegnet und er hat die feine Gesellschaft verlassen, bevor ich alt genug war, regelmäßig an solchen Veranstaltungen teilzunehmen. Schon damals gab es Gerüchte über den jungen, ambitionierten Mann. Damals hatte er Verbindungen zur Unterwelt – und jetzt ist er ihr König.

Auf der Stirn des Mannes bewegte sich eine dicke Augenbraue nach oben. »Was wollen Sie von ihm?«

Ein Gefühl der Vertrautheit ergreift mich, auch wenn ich weiß, wir sind uns noch nie begegnet. Dieser Mann ist ein Fremder, aber er sieht mich an, als ob er mich kennenlernen wollte. Er sieht mich an, als würde er mich bereits kennen. Als sein Blick über mich streicht, liegt eine Intensität in seinem Blick, so unbeugsam und direkt wie eine Berührung.

»Ich brauche …« Mein Herz rast, während ich an all die Dinge denke, die ich brauche – einen Rückspulknopf. Jemanden in der Stadt, der mich nicht schon alleine wegen meines Namens hasst. »Ich brauche ein Darlehen.«

Er mustert mich in aller Ruhe, vom nervösen Lecken meiner Zunge über meine Lippen zum hochgeschlossenen Kragen meiner Kleidung. Ich habe versucht, mich geschäftsmäßig zu kleiden – ein schwarzes Sweatshirt mit Wasserfallkragen und einen Bleistiftrock. Sein unheimlicher, bernsteinfarbener Blick knöpft meinen Mantel auf, reißt die teure Baumwolle herunter, meinen Büstenhalter und mein Höschen. Er blickt geradewegs durch mich hindurch und ich schaudere, als mich eine Welle der Erkenntnis überschwemmt.

Ich bin in meinem Leben schon einer Million Männer begegnet. Habe Hände geschüttelt. Gelächelt. Ich habe nie das Gefühl gehabt, so durchschaut zu werden wie in diesem Moment. Nie habe ich das Gefühl gehabt, als hätte jemand mein Innerstes nach außen gekehrt, jedes noch so dunkle Geheimnis ans Licht gezerrt. Er sieht meine Schwächen und seiner grausamen Miene nach zu urteilen findet er Gefallen an ihnen.

Seine Lider senken sich. »Und über welche Sicherheiten verfügen Sie?«

Nichts als mein Wort. Würde er meinen Namen kennen, wüsste er, dass das nichts wert ist. Ich schlucke den Kloß in meinem Hals herunter. »Ich weiß nicht.«

Nichts.

Er kommt einen Schritt auf mich zu und plötzlich spüre ich die gemauerte Wand neben der Tür in meinem Rücken, während sein riesiger Körper das angenehme Licht von drinnen blockiert. Er fühlt sich wie ein Hochofen an, die Hitze, die von ihm ausgeht, steht im Widerspruch zu den kalten Steinen in meinem Rücken. »Wie heißt du, Mädchen?«

Das Wort *Mädchen* ist wie ein Schlag ins Gesicht. Ich beherrsche mich, nicht zusammenzuzucken, aber es fällt mir schwer. Alles an ihm ist überwältigend – seine Größe, seine leise Stimme. »Ich werde Mr. Scott sagen, wie ich heiße.«

In den zwischen uns herrschenden Schatten wird sein Lächeln breiter, weiß und höhnisch. Das Vergnügen, das sich in seinen seltsam gelben Augen widerspiegelt, ist beinahe sinnlich, als würde ich ihn sanft berühren. »Du musst aber erst an mir vorbei.«

Mein Herz pocht. Es gefällt ihm, dass ich mich ihm widersetze, und das macht alles nur noch schlimmer. Was, wenn ich bereits versagt habe? Ich bin im freien Fall, taumle, überschlage mich immer wieder ohne Aussicht, jemals wieder festen Boden zu finden. Wenn er mich abweist, wo soll ich dann hingehen? Was wird aus meinem Vater?

»Lassen Sie mich gehen«, flüstere ich, aber diese Hoffnung verpufft schlagartig.

Etwas Warnendes blitzt in seinen Augen auf. »Die kleine Avery James ist groß geworden.«

Ein leises Keuchen ertönt. Er kennt meinen Namen bereits. Das bedeutet, er weiß, wer mein Vater ist. Er weiß, was er getan hat. In meiner Kehle steigen Dementis zusammen mit Bitten um Verständnis auf. Seine harten Augen und seine breiten, kräftigen Schultern verraten mir, hier werde ich kein Mitleid erfahren.

Ich straffe meine Schultern. Ich bin vielleicht verzweifelt, aber nicht gebrochen. »Wenn Sie schon wissen, wer ich bin, dann wissen Sie auch, dass ich wichtige Freunde habe. Verbindungen. Eine Vergangenheit in dieser Stadt. Das muss etwas wert sein. Das ist meine Sicherheit.«

Gut möglich, dass diese Verbindungen bei einem Anruf nicht einmal ans Telefon gehen würden, aber ich muss irgendwas tun. Ich weiß nicht, ob es für ein Darlehen reicht oder damit ich überhaupt durch die Tür komme. Trotz allem überkommt mich einen Augenblick lang so etwas wie Familienstolz. Und wenn er mich wegschickt, werde ich mit erhobenem Haupt gehen.

Goldauge betrachtet mich. Irgendwas daran, wie er *kleine Avery James* gesagt hat, kam mir vertraut vor, aber ich bin diesem Mann noch nie begegnet. Zumindest glaube ich das. Irgendwie flüstern mir diese glimmenden, wie aus einer anderen Welt stammenden Augen etwas zu, eine Melodie, die ich schon einmal gehört habe.

Auf seinem Führerschein steht wahrscheinlich so was Alltägliches wie braun. Aber dieses Wort könnte niemals die Wirkung seiner Augen umschreiben, diese leuchtenden Kugeln aus Bernstein, in denen sich das Geheimnis des Universums verbirgt. *Braun* könnte nie ihrem tiefgoldenen Glanz gerecht werden, dem nie versiegenden Ausmaß der Leidenschaft in seinem Blick.

»Komm mit«, sagt er.

Erleichterung überkommt mich, füllt taube Gliedmaßen, rüttelt mich gerade wach genug, damit ich mich fragen kann, was ich hier eigentlich mache. Das sind keine Männer, es sind Tiere. Sie sind Raubtiere und ich bin die Beute. Warum sollte ich bereitwillig hineingehen?

Was für eine andere Wahl habe ich noch?

Ich trete über die Marmorschwelle.

Der Mann schließt die Tür hinter mir, schließt den Regen und den Verkehr aus, die ganze Stadt verschwindet mit dem leisen Einrasten des Schlosses. Ohne ein weiteres Wort geht er den Flur entlang, tiefer in die Schatten. Ich beeile mich, den Anschluss nicht zu verlieren, halte das Kinn erhoben, die Schultern gerade, als wäre ich ein geladener Gast. Fühlen sich Gazellen genauso, wenn sie einer Studie in Grazie gleich über die Steppen laufen, als würden sie nur darauf warten, abgeschlachtet zu werden?

Jenseits der Treppe wird die ganze Welt schwarz, nur Atmen, nur Körper in der Dunkelheit. Dann öffnet er eine weitere dicke Holztür, präsentiert einen schwach erleuchteten Raum aus Kirschholz und geschliffenem Kristall, aus

Leder und Rauch. Ich kann die dunklen Augen, die dunklen Anzüge kaum erkennen. Dunkle Männer.

Auf einmal überkommt mich der Drang, mich hinter dem Mann mit den goldfarbenen Augen zu verstecken. Er ist breit gebaut und groß, mit Händen, die meine Taille umfassen könnten. Er ist ein Riese, ungehobelt und hart wie Stein.

Allerdings ist er nicht hier, um mich zu beschützen. Er könnte sogar der Gefährlichste von allen sein.

Ein Mann bläst Rauch aus, der sich von seinen Lippen zur Decke kräuselt. Er trägt eine schiefergraue Weste und eine lavendelfarbene Krawatte. An einem anderen Mann hätte die Krawatte verweichlicht gewirkt, aber die Stoppeln auf dem kräftigen Kinn und das teuflische Glimmen in den schwarzen Augen verdeutlichen seine reine maskuline Kraft.

Damon Scott.

»Wen haben wir hier?«, fragt er.

Da sind noch andere Männer im Raum, andere Anzugträger, aber die beachte ich nicht.

Der Mann mit den goldfarbenen Augen setzt sich in Damons Nähe, rechts von ihm etwas weiter in den Schatten. Die Dunkelheit verleiht seinen Augen eine bronzene Farbe. Als würde er uns alle beobachten, als würde er nicht dazugehören. Auch ich beachte ihn nicht.

»Ich bin Avery James«, erkläre ich mit erhobenem Kinn. »Und ich bin hier, weil ich ein Darlehen brauche.«

Damon lässt seine Zigarre auf einen Porzellanteller auf einem Beistelltisch fallen. Er beugt sich vor, legt die Fingerspitzen aneinander. »Avery James, wie sie leibt und lebt. Ich hätte nie damit gerechnet, dass Sie mir einen Besuch abstatten würden.«

»Verzweifelte Zeiten«, antworte ich, meine Notlage ist schließlich kein Geheimnis.

»Verzweifelte Maßnahmen«, ergänzt er gedehnt, als würde er den Geschmack der Worte auskosten, sie für immer irgendwo wegschließen. »Ich neige nicht dazu, Geld zu verschenken, nicht einmal an hübsche Frauen.«

Ich bemerke, wie ich in der Dunkelheit nach Goldauge suche. Suche ich Mut? Warum auch immer, neue Kraft durchflutet mich wie ein kräftiger Schluck Brandy. »Und wofür geben Sie jemandem Geld?«

Damons plötzliches Lachen erfüllt den Raum. Die anderen Männer stimmen kichernd mit ein. Sie amüsieren sich über mich. Meine Wangen glühen.

Der Mann mit den goldfarbenen Augen verzieht keine Miene.

Damon lehnt sich wieder zurück, seine obsidianfarbenen Augen glimmen. »Für mehr Geld im Gegenzug, schönes Kind. Und genau da liegt Ihr Problem. Ihr High-School-Diplom wird nicht viel wert sein, und wenn es von der besten Privatschule des Staates stammt.«

Das würde es nicht sein. Und wer würde schon eine James einstellen, wenn mein Vater gerade des Betrugs überführt wurde? Ein Teil von mir weigert sich noch immer, die Wahrheit zu akzeptieren. Immer wieder schrecke ich davor zurück. Es schmerzt jedes Mal. »Ich bin intelligent. Ich bin bereit zu arbeiten. Ich werde mir etwas überlegen. Ich brauche nur etwas Zeit.«

Zeit, die Gläubiger zu beschwichtigen, Zeit, Geld für die medizinische Versorgung meines Vaters aufzutreiben. Zeit zum Beten, weil mir sonst keine andere Wahl bleibt.

»Zeit.« Er lächelt mich schief an. »Und wie viel ist Ihnen das wert?«

Das Leben meines Vaters. Das ist es, was auf dem Spiel steht. »Alles.«

Goldauge betrachtet mich seelenruhig, schätzt mich ab. Stellt mich auf die Probe.

Mr. Scott schnaubt amüsiert. »Warum sollte ich Ihnen 20.000 geben, die ich nie wiedersehen werde? Ganz zu schweigen von den Zinsen?«

Mehr als 20.000. Ich brauche 50.000. *Ich brauche ein Wunder.* »Bitte, wenn Sie mir nicht helfen können ...«

»Kann ich nicht«, erwidert er tonlos.

Goldauge lehnt sich zurück, sein Gesicht liegt halb im Schatten. »Das stimmt so nicht ganz.«

Der ganze Raum erstarrt. Sogar Damon Scott zögert, als würde er tatsächlich über die Worte nachdenken. Damon Scott ist der reichste und mächtigste Mann der Stadt. Und der gefährlichste. Wer kann ihm schon vorschreiben, was er zu tun hat?

»Wer sind Sie?«, frage ich mit kaum hörbarem Zittern in der Stimme.

»Ist das von Belang?«, entgegnet Goldauge spöttisch.

Gerechtfertigte Wut mischt sich mit Verzweiflung. Ich bin bereits im freien Fall – warum sollte ich nicht einfach die Arme ausbreiten? »Wer sind Sie? Wenn Sie schon über mein Schicksal entscheiden, dann sollte ich zumindest Ihren Namen kennen.«

Er beugt sich vor, das Licht fügt seinem funkelnden Blick die vertraute Farbe von Bernstein hinzu. »Gabriel.«

Mein Herz setzt aus.

Scott lächelt, um seine Augen herum zeichnen sich tiefe Freudenfältchen ab. Er genießt es, er hat damit gerechnet. Wie er mich ansieht, ist beinahe sexuell. »Gabriel Miller. Der Mann, den Ihr Vater bestohlen hat.«

Bisher erschienen in der Reihe DARK ROMANCE:

1 Pepper Winters: *Tears of Tess – Buch 1*
2 CJ Roberts: *Fesseln in der Finsternis*
3 Pepper Winters: *Tears of Tess – Buch 2*
4 Kitty Thomas: *Leckerbissen*
5 CJ Roberts: *Sturm durch die Finsternis*
6 Skye Warren: *Fernweh*
7 CJ Roberts: *Flucht aus der Finsternis*
8 Skye Warren: *Endgame – Buch 1: Der Bauer*
9 Skye Warren: *Endgame – Buch 2: Der Springer*
10 Aleatha Romig: *Consequences – Buch 1*
11 Skye Warren: *Endgame – Buch 3: Der Turm*
12 Callie Hart: *Blood & Roses – Buch 1*

Die geheimen *Erotic Romance*-Bestseller aus den USA

FESTA DARK ROMANCE – die geheimen *Erotic Romance*-Bestseller aus den USA. Ungekürzt und unzensiert. Für Leser, die sich ihre Fantasie nicht vorschreiben lassen.*

FESTA DARK ROMANCE – das sind sexy Romane mit Schilderungen, die für Jugendliche nicht empfohlen werden! Unkonventionelle Liebesgeschichten mit der psychologischen Spannung von Thrillern.

Was ist Dark Romance?
Dark Romance oder *Dark Erotic* ist nicht zu verwechseln mit pornografischer Literatur. Die besteht aus sexuellen Handlungen ohne Handlung. Die *Dark Romance* enthält zwar viele und heftige Sexszenen, doch in diesem Genre dienen sie der Entwicklung der Figuren. Man könnte die Geschichten auch ohne diese Szenen erzählen, aber die Charakterisierungen würden sehr leiden.

Wer schreibt Dark Romance?
Fast ausschließlich Frauen. Ihre Heldinnen durchleiden ein Schicksal voller Schmerz und das verwandelt sie in stärkere Personen. Die Härte und Freizügigkeit der Texte gilt als Ausdruck eines neuen Feminismus.

Woher stammt die Dark Romance?
Aus den USA, später folgten weitere englischsprachige Länder. Seit circa 2005 nutzen die Autorinnen den durch das Internet viel zwangloser gewordenen Umgang mit der Sexualität, um die traditionellen Schranken der Liebesromane zu durchbrechen.

* Sexualität ist das am häufigsten zensierte und unter Beobachtung stehende Thema unserer Kultur. Die Medien sind deshalb prüde und ängstlich: In Deutschland werden die meisten *Erotic Romance*-Romane gekürzt und entschärft übersetzt, sogar Bestseller wie *Fifty Shades of Grey* von E. L. James.
Dabei gilt in Deutschland: »Eine Zensur findet nicht statt.« So steht es im Grundgesetz. Aber überall passiert es, freiwillig und ohne Grund.
Natürlich gibt es in der *Erotic Romance* Schilderungen, die unsere moralischen Vorstellungen verletzen, aber Literatur ist reine Fantasie, keinem lebenden Menschen wird ein Leid zugefügt. Krimiautoren behaupten auch nicht, dass man Menschen töten darf.